너의 여름이 되어 줄게

너의 여름이 되어 줄게

1판 1쇄 2023년 6월 10일

글 김근혜, 김영주, 박지숙, 서성자, 전은희

펴낸이 모계영　펴낸곳 가치창조　출판등록 제406-2012-000041호
주소 경기도 고양시 일산동구 중앙로1347, 228호(장항동, 쌍용플래티넘)
전화 070-7733-3227　팩스 031-916-2375　이메일 shwimbook@hanmail.net

ISBN 978-89-6301-312-1 43810

가치창조 공식 블로그 http://blog.naver.com/gachi2012
단비청소년은 가치창조 출판그룹의 청소년책 전문 브랜드입니다.

너의 여름이 되어 줄게

김근혜
김영주
박지숙
서성자
전은희

단비청소년

과거의 나에서 벗어나
거친 세상으로 고개를 들이밀다.
이달의 고양이, 휘
김근혜

"야! 어디 돈 벌 데 없냐?"

내 질문에 현재가 날 빤히 봤다.

"돈! 돈은 왜?"

"그럴 일이 생겼다."

나는 뒤통수에 깍지를 끼고 한숨을 푹 내쉬었다.

그렇다. 난 지금 돈이 급하다. 기한은 한 달. 그 안에 돈을 갚지 못하면 내 앞날은 보장받기 어렵다.

사건은 한 달 전으로 거슬러 올라간다.

그날은 주말이었다. 엄마는 직장에 나가고 없었다. 덕분에 나는 내리 세 시간을 게임에 열중할 수 있었다. 점심도 안 먹고 신나게 게임을 하는데 채팅창으로 낯선 유저가 쪽지를 보냈다.

게임 한 판 어때?

골드 계급인 닉네임 '어쩔고수'였다. 잠시 얼떨떨했지만, 나로서는 거절할 이유가 없었다. 고수가 하수에게 손을 내미는 일은 흔치 않기 때문이다.

내가 하는 '리뉴' 게임은 레벨이 다이아, 골드, 실버, 브론즈로 나뉜다. 나는 브론즈다. 다시 말해 나와 '어쩔고수'의 레벨 차이는 하늘과 땅이다. 나는 '어쩔고수'의 주변 정리를 떠맡겠다고 자처했다.

내 도움으로 '어쩔고수'는 리더로서 역할을 충실히 했다. 나는 수행원처럼 '어쩔고수' 옆에서 알짱거리는 잔챙이 몬스터들을 제거했다. '어쩔고수'는 채팅창으로 나를 연신 치켜세웠다. 나는 우쭐하지 않았다. 그것이 하수가 고수를 대하는 태도다. 절대 그들의 어깨 위를 넘겨보지 않아야 한다.

그런데 예기치 않은 일은 항상 내 의지와 무관한 데서 시작된다. 공성전에서 상대 팀을 제거하고 성을 차지하려는 순간, 갑자기 화면이 '피웅' 소리를 내며 꺼졌다. 재빨리 모니터 전원을 눌렀다. 하지만 화면은 원래대로 돌아오지 않았다. 가슴이 까맣게 타들어 갔다.

모니터 전원을 거의 백 번쯤 눌렀을 때 화면이 다시 밝아졌다. 그러나 이미 게임은 종료됐고 채팅창은 '미련곰발바닥'을 비난하는 댓글로 도배가 됐다. 우리 팀이 지고 만 것이다. 모두가 패배의 원인으로 나를 지목했다.

어쩔고수 : 너 게임 그따구로 할래?

미련곰발바닥 : 미 미안. 화면이 갑자기 나가는 바람에…….

어쩔고수 : 아! 존나 똥이나 싸지르는 브론즈 새끼.

미련곰발바닥 : 미안. 다시 한번 기회를 주면 그땐 제대로 할게.

어쩔고수 : 됐어. 기회는 그렇게 쉽기 오지 않아. 너 같은 병신 새끼를 낳은 네 엄마가 불쌍하다.

게임을 하다 보면 욕하는 것쯤은 일도 아니다. 하지만 패드립은 아니다. 이에는 이, 눈에는 눈으로 대응하려는데 어쩔고수가 방을 폭파했다. 나는 그룹방에서 튕겨 나왔다. 학원에서도 어쩔고수의 패드립이 머릿속을 떠나지 않았다. 학원을 끝내고 밤 11시에 돌아와 보니 엄마는 자고 있었다. 평소에는 늦은 시간까지 책을 보는데 일찍 잠이 든 걸 보니 고된 하루를 보낸 듯했다.

안방 문을 조심히 닫는데 탁자에 놓인 엄마 핸드폰이 눈에 띄었다. 그 순간 기가 막힌 생각이 났다. 여태 왜 그걸 생각하지 못했지? 나는 입술에 침을 바르고 탁자로 조심히 다가가 엄마 핸드폰을 거머쥐었다.

'어머니, 이 불효자를 용서하소서.'

핸드폰을 들고 방으로 와 문을 잠갔다.

딸깍!

컴퓨터 책상에 앉아 길게 심호흡했다. 그런 뒤 곧장 전원 스위치를 눌렀다. 컴퓨터가 싱그럽고 경쾌한 소리를 내며 켜졌다. 마우스를 움직여 '리뉴' 아이콘을 클릭했다. 그리고 작정했던 일을 감행했다. 그건 그리 긴 시간이 걸리지 않았다. 마우스를 쥔 손이 떨리는 바람에 숫자 몇 개를 잘못 입력하는 실수가 있었지만, 의식은 무사히 치러졌고 엄마 핸드폰은 제자리로 돌아갔다.

나는 현질로 최강 무기와 장비를 샀다. 초단기간에 누구나 부러워하는 캐릭터로 변신한 것이다. 복수를 위해 어쩔고수를 초대했다. 어쩔고수는 미련곰발바닥을 잊었는지 순순히 게임에 응했다. 나는 어쩔고수를 쫓아다니며 검으로 내리쳤다. 녀석에게 데미지를 줄 때마다 내 기분은 레벨업이었다. 복수는 성공했고 현질은 가치를 발했다.

그렇게 한 달이 지난 어제였다. 학원을 끝내고 집에 오는데 엄마가 거실에서 강소주를 마시고 있었다. 분위기가 심상치 않았다.

"오늘은 일찍 끝났나 보네."

착 가라앉은 분위기를 띄우기 위해 너스레를 떨며 소파에 털썩 앉았다. 엄마가 살기 어린 눈으로 날 봤다.

"너 뭐야?"

존재론을 논하자는 건가? 이 시점에?

"뭐 뭐긴. 엄마 아들이지."

엄마가 미간을 찌푸렸다. 고등학생쯤 됐으니 차원 높은 답이 나올 줄 알았나 보다. 엄마가 술병을 들었다. 존재 이유는 모르지만, 엄마 비유쯤은 맞출 줄 아는 나는 냉큼 술병을 낚아채고는 잔에 술을 따랐다. '아들, 술은 어른한테 배우는 거야. 같이 한잔할래?' 하면 어쩌지? 못 이기는 척하고 마셔 볼까?

엄마는 기대했던 질문 대신 핸드폰을 내밀었다. 그러고는 화면을 손가락으로 쓱쓱 내리더니 데이터 통화료를 크게 확대했다. 화면에 공 자가 여러 개 붙은 숫자가 또렷했다.

1,000,000

"뭐야. 데이터 요금이 백만 원! 아들 용돈은 겨우 삼만 원 주면서 핸드폰 요금에 백만 원이나 쓴 거야? 기가 막혀."

짠순이 엄마를 이해하려고 노력한 세월이 허무했다. 오백 원 하나도 그냥 주는 법이 없는 엄마가 데이터 요금으로 백만 원이라니. 이럴 줄 알았으면 나도 마구 쓰고 살걸. 후회됐다.

"너, 나 똑바로 봐 봐."

엄마 눈에 눈물이 고여 있었다. 그 순간 직감했다. 데이터 요금의 실체를. 올 것이 오고 만 것이다. 엄마 핸드폰으로 게임 아이템을 살 때만 해도 한 달이 이렇게 빨리 올 거라고 생각 못 했다.

"엄마, 이런 일이 왜 일어난 거냐면……."

여차하면 도망갈 태세로 소파에서 슬금슬금 일어났다.

"오늘부터 나, 네 엄마 아니야."

엄마의 날카로운 눈빛과 차가운 말투에 사연을 들으면 용서할 수 있을지도 모른다는 손톱만큼의 희망이 사라졌다.

"게임이 잘하고 싶으면 노력해야지, 돈을 주고 게임 하니까 좋던? 나는 천 원 한 장도 아끼려고 다섯 정거장을 걸어 다니는 사람이야. 마트 점장인데도 떨이만 사는 사람이 나라고."

엄마는 포효했다.

"근데 어떻게 알았어요?"

이럴 땐 존대라도 해야 한다. 양심이 전혀 없는 건 아니라는 걸 보여 줘야 폭풍우를 피하지 않겠는가.

"넌 엄마를 호구로 보니? 내가 왜 몰라?"

엄마는 검색 몇 번이면 안 되는 게 없는 세상이라며 침을 튀겨 말했다.

"공부한다고 하고 밤새 게임 하는 것도 모자라서 엄마 핸드폰으로 몰래 아이템을 사! 네가 그러고도 자식이니? 넌 도둑이야."

자식도 아니니 할 말은 좀 해야겠다. 그러게, 누가 용돈을 쥐꼬리만큼 주라고 했나. 용돈만 넉넉했어도 아이템을 사는데 백만 원을 몰방하지도 않았다. 명절 때 친척들이 준 돈도 통장에 넣는다는 명분으로 백 원 하나까지 싹쓸이해 가니 이런 사태가 생긴 거다. 게다가 용돈 좀 올려 달라고 하면 매번 성적을 올리라는데 고2 성적은 그렇게 쉽게 오르락내리락할 수 있는 성격의 숫자가 아니다. 이것들이 고2가 됐다고 다들 무슨 명문대 갈 것처럼 문제집에 파고드는데, 솔직히 당해낼 재간이 없다. 절친 상우만 해도 그렇다. 나랑 성적이 막상막하인 녀석이 갑자기 3대 명문대에 들어가는 게 자기 목표라며 지난달에는 핸드폰을 일반 핸드폰으로 바꿨다. 독서실도 끊고 나랑 연락도 끊었다. 며칠이나 갈까 싶었는데 벌써 두 달째다. 나보다 의지가 박약해서 의지 3초로 불리는 녀석이 말이다. 천재지변이 따로 없다.

돌아가는 형국이 이러한데 내가 무슨 수로 성적을 올릴 수 있단 말인가. 노력해서 되는 게 있고 안 되는 게 있다는 걸 엄마가 나보다 잘 알 텐데.

"하여튼 난 이 돈 못 갚아. 네가 갚아."

엄마가 나를 뚫어져라 봤다. 나는 엄마 눈을 일부러 안 피했다. 그깟 돈이 뭐가 중하다고 만날 돈, 돈 하는지. 내가 왜 현질을 했는지 이유도 묻지 않은 채 말이다.

"그까짓 돈, 갚으면 되잖아."

내 입에서 감당할 수 없는 말이 튀어나왔다. 이건 생각하지 않은 시나리오다. 한 달 전, 나는 현질을 앞두고 엄마에게 들켰을 때를 대비해 나름의 대책을 세웠다. 1안은 무조건 싹싹 빈다. 빌고 또 빌면 용서해 주지 않을까 싶어서다. 2안은 죽어도 하고 싶지 않은 말이지만 성적을 올리겠다고 약속하는 거다. 성적에 목말라하는 엄마에게 직방으로 통하는 방법이다. 그런데 계획에 없던 말이 튀어나오고 말았다. 돈을 갚다니. 무슨 수로 어떻게? 너 미친 거 아냐? 접시 물에 코 박고 죽고 싶은 심정이었다.

"오호라. 그렇게 당당하시다 이 말이지! 알았어. 그럼, 기한은 한 달. 한 달 안에 못 갚으면 넌 호적에서 사라지고 이 집에서도 나가야 해. 네 말에 책임져."

엄마는 준비라도 한 것처럼 탁자 아래에서 흰 종이를 꺼내 내밀었다. 각서를 쓰라는 것이었다. 나는 호기롭게 각서를 썼다. 엄마는 각서를 공증받겠다는 말도 잊지 않았다. 공증이 뭐지? 암튼 법적인 절차라는 건 어렴풋이 알 것 같았다. 역시 엄마답다. 그냥 넘어가지 않을 거라고 예상했지만 생각보다 체계적이다. 쉽게 흥분하고 쉽게 움직이는 내 성격을 누구보다 잘 아는 엄마만이 취할 태도였다.

엄마는 남은 술을 단숨에 들이켰다. 그리고 술잔을 탁자에 '탁'

소리가 나게 내려 놓였다. 잠시 정적이 흘렀다. 나는 침도 못 삼키고 빈 술잔만 봤다.

"다시 말한다. 한 달이야. 안 그럼 너랑 나랑 인연은 끝이야."

엄마는 각서를 착착 접어서 방문을 탁 닫고 들어갔다.

"내 얘긴 여기까지야."

임금님 귀는 당나귀 귀처럼 대나무 숲이라도 가서 하소연해야 하나 싶었는데 현재가 있어 줘서 참 다행이다. 요즘 세상에 대가 없이 누군가의 얘기를 들어 준다는 게 흔한 일인가. 그러고 보면 나는 참 운이 좋은 놈이다. 현재라는 친구가 있지 않은가. 비록 돈은 없지만, 그보다 귀한 친구가 있으니 말이다.

"그러니까 네 말인즉슨 한 달 안에 백만 원을 갚아야 한다는 거지?"

현재의 물음에 나는 고개를 끄덕였다.

"넌 어떻게 할 생각인데."

"몰라. 큰소리는 쳤는데 막막하다. 할 줄 아는 게 있어야 알바라도 하지."

"할 줄 아는 게 없어도 알바는 할 수 있어. 알바가 뭐냐? 본업

외에 하는 일이잖아."

"누가 들으면 본업은 엄청나게 잘하는 줄 알겠다."

본업인 공부도 그냥 그런데 아르바이트라고 잘할 수 있을까 싶다.

"내가 솔직히 이런 말은 안 하려고 했는데 너처럼 아무것도 없는 놈이 돈 개념까지 없으면 살아남기 힘들어. 어쩌면 평생 호구와 을의 인생을 전전하면서 세상 탓만 하다가 나라에서 주는 노인 연금으로 연명하며 생을 마감할걸!"

"비약이 좀 심하다!"

아무리 현재라고 해도 내 인생 전체를 통째로 단정 짓는 말은 듣기 거슬렸다.

"기분 상했다면 미안. 그래도 할 말은 해야 할 것 같아서."

"됐고. 네 말은 할 줄 아는 게 없어도 알바를 시켜 준다는 말이지?"

"당연하지."

"근데 무슨 알바를 어떻게 해?"

"찾아야지. 마음이 없으면 보아도 보이지 않고 들어도 들리지 않는다는 말 몰라? 마음을 먹는 순간 알바 자리가 보일 것이고 그럼 돈을 벌겠지."

현재 이 녀석, 언제 이렇게 멋지게 컸지? 암튼 나는 현재의 조언대로 집에 가자마자 당장 알바를 알아봤다. '알바몽'이나 '알바천지' 사이트에 들어갔더니 우리 동네 알바 구인 정보가 주르륵 떴다. 나는 그중에서 편의점만 골라 전화를 걸었다. 그나마 쉬운 일이지 싶어서였다.

- 안녕하세요. 저는 알바를 구하려고 하는 방년 18세 소년입니다. 혹시 알바 구하셨나요?

- 고등학생은 안 써요.

첫 통화는 허무하게 끝났다. 그나저나 내가 물건인가? 쓰고 말고 하게.

다시 용기를 내 다른 편의점에 전화를 걸었다. 그렇지만 거기서도 같은 답변을 들었다. 그렇게 수십 통의 전화 끝에 내게 호의를 갖는 편의점을 찾았다.

- 여보세요?

목소리가 아주 예쁜 여자였다.

- 알바 구했나요?

- 몇 살?

- 고등학교 2학년요.

- 원래 학생은 안 쓰는데……. 한번 와요. 면접이라도 보게요.

- 넵!

나는 곧장 편의점으로 달려갔다. 가게는 집에서 뛰어서 10분 거리였다. 편의점 유리에 내 모습을 비춰 보았다. 무릎이 튀어나온 운동복에 부스스한 머리가 마음에 걸렸지만 아무렴 어떤가. 약속 시간에 늦는 것보다 낫지 싶어 머리를 대충 매만지고 가게로 들어갔다.

딸랑!

편의점 문을 열고 들어가는데 누군가 뒤따라 들어왔다. 편의점 브랜드 조끼를 입은 남자였는데 양손에 상자를 들었다. 물류를 운반하는 회사 직원 같았다. 남자는 나를 앞질러 들어가더니 계산대 앞 바닥에 상자를 내려놨다. 나는 남자를 피해 어정쩡하게

서 있었다.

"아까 전화한 남학생?"

눈매가 날카로운 여자가 나를 보고 물었다. 뭐야. 그 예쁜 목소리 주인공이 저 여자라고! 설마 하며 계산대로 갔다.

"빨리 왔네. 지금 사장님 오고 계시니까 그동안 이 박스, 저 창고에 넣어 줄래?"

여자가 다짜고짜 창고를 가리켰다. 초면에 반말이 거슬렸지만 좋은 게 좋은 거라고 일단 시키는 대로 했다. 내가 이 일에 적합한지 테스트를 하는 건지도 모르니 말이다.

"저것도 나를까요?"

시킨 일을 끝내고 이제 막 들어온 음료수 캔 박스를 가리켰다. 여자는 잠시 고민하더니 음료수 냉장고 앞으로 갔다.

"음, 그건 창고에 넣어 주고 창고 안에 있는 그것과 똑같은 브랜드 음료수 상자 좀 꺼내 줄래?"

"넵!"

나는 한달음에 창고로 달려가 상자를 들고나왔다.

쿵!

"조심해. 캔 찌그러지면 못 판다고."

여자가 짜증을 냈다. 생각 같아서는 아까부터 왜 꼬박꼬박 반말이냐고 따져 묻고 싶었지만, 꾹꾹 참았다. 여자는 그 뒤에도 상품 진열부터 편의점 문 앞 쓸기까지 별의별 일을 다 시켰다.

"근데 사장님은 언제 와요?"

"글쎄……. 금방 온다고 했는데."

여자는 밖을 기웃거리더니 어딘가로 전화를 걸었다. 여자가 언제 오시냐고 묻는 걸 보니 사장 같았다.

"뭐래요?"

"급한 일이 생겨서 오늘 못 오신다네. 내일 다시 오래."

"네."

실컷 일을 시키고 내일 다시 오라니. 아까 상자 들다가 삐끗한 어깨가 아프기 시작했다. 나는 터덜터덜 편의점 입구로 걸어갔다.

"하나만 물을게요. 시급이 얼마예요. 최저 시급 주는 거죠? 주휴 수당은요?"

문을 열다 말고 물었다.

"내가 그랬잖아. 고딩은 원래 안 쓴다고. 근데 고딩을 뭘 믿고 시급을 다 주니?"

"그런 게 어디 있어요? 고딩이라고 무시하면 청소년 보호법에 걸리는 거 몰라요?"

"네가 뭘 몰라서 그러는데 세상이 법만으로 다 되는 거 아니다."

여자가 손톱의 거스러미를 떼며 시큰둥하게 말했다.

"말도 안 돼."

"고딩은 최저 시급 절반이야. 주휴 수당 따위는 꿈도 꾸지 말고."

"신고할 거야. 그리고 당신! 왜 아까부터 자꾸 반말인데. 당신 인격은 법으로도 해결이 안 되는 것 몰라. 이 뚱뚱보에 마귀할멈, 구제 불능아!"

여자 얼굴이 단박에 일그러졌다. 나는 혀를 쭉 내밀고 전력 질주했다. 속이 다 후련했다.

집에 오자마자 다른 알바를 알아봤다. 다시 살펴보니 편의점 말고 직종이 어마어마했다. 장기 알바로는 식당, 패스트푸드점, 커피 전문점. 단기 알바로는 전단지 돌리기, 물류 창고 보조(까대기)가 있었다.

집에서 멀지 않는 곳을 대상으로 다시 전화를 돌렸다. 그런데 또다시 알바를 구했거나 고딩은 채용하지 않는다는 답변이 돌아왔다. 힘이 쭉 빠졌다. 내일이라도 당장 일자리를 구해야 한다. 엄마는 한다면 하는 여자다. 평생을 도박과 놀음으로 가족을 돌보지 않은 외할아버지가 돌아가셨을 때도 엄마는 가지 않았다. 외할머니가 애써 모아놓은 엄마 대학 등록금을 들고 나간 그날로 엄마는 외할아버지와 영원한 결별을 결심했고 그것을 실천했다.

"어떻게 됐냐?"

다음 날, 현재가 날 보자마자 물었다. 나는 고개를 저었다. 눈이 빠지게 구인 사이트를 뒤져서 전화를 걸고 찾아갔지만 고딩은 안 된다, 시간이 안 맞다, 우리는 여학생을 원한다, 키가 너무 크다, 힘이 없어 보인다 등등 별 웃기지도 않는 핑계로 줄줄이 퇴짜를 맞은 이야기를 했다.

"뭐 입고 갔는데?"

"추리닝."

"문자 보낼 땐 뭐라고 썼어?"

"알바 구하나요? 그래서 구한다고 하면 지금 가도 되나요? 하고 썼지?"

현재가 고개를 절레절레 흔들었다.

"갔더니 뭘 물어봤는데?"

"언제부터 시작해서 언제까지 할 거냐, 우리는 몇 시 타임에 가능한데 그 시간에 되냐고 묻더라고. 그래서 솔직하게 한 달 일할 거고 시간은 학교 끝나고 난 뒤라고 했지."

"헐!"

"내가 뭐 잘못했냐?"

"응."

현재는 내게 알바 구하는 팁을 알려 주겠다며 개교기념일인 내일 커피숍에서 만나자고 했다. 오늘 당장 알려 주면 안 되냐고 했더니 수업 끝나고 급히 가 볼 곳이 있단다. 한시가 급했지만, 섣불리 나서는 것보다 알바 구하는 팁을 듣고 구하는 게 나을 것 같았다.

다음 날 커피숍에서 만난 현재는 머리부터 발끝까지 말끔했다. 언뜻 대학생 같았다. 머리는 인위적으로 힘을 줬는지 적당히 꼬부라져 있었고 몸에서는 연한 바닐라 향기가 났다.

"너 연애 하냐?"

"연애는 아무나 하냐? 돈이 있어야 하는 거야?"

다리를 꼬며 커피를 홀짝이는 자세가 다 큰 어른 같았다.

"우리 나이에 무슨 돈이야? 연애는 사랑이지."

"풋!"

현재가 커피를 뿜었다.

"야, 옷에 튀었잖아!"

현재는 내 옷에 튄 커피를 닦아 주면서도 내내 낄낄거렸다.

"아, 이 찐따 새끼. 아직도 돈보다 사랑이라니. 네가 그러니까 아직 연애 한 번 못 해 보고 현질로 게임 아이템이나 사는 하수인 거야. 하긴 너 같은 애들도 있어야 이 세상에 낭만이란 단어도 존재하는 거지. 암, 그렇고말고."

현재가 손가락으로 내 이마를 꾹꾹 누르며 빈정거렸다.

"인정. 빨리 알바 구하는 꿀팁이나 알려 줘. 공부는 이미 물 건너간 것 같으니 돈이라도 벌어서 그 잘난 연애 좀 해 보자."

"외모가 알바 취직 성패의 큰 자리를 차지하는 건 알지? 근데 넌 좀……."

현재가 날 위아래로 훑어봤다.

"뭐?"

내가 미간을 찌푸리자 현재가 두 손으로 탁자를 쳤다.

"하지만 꼭 그런 건 아니지. 가장 중요한 건 바로 알바를 꼭 하고 싶다는 의지지."

현재가 케이크를 크게 잘라 먹었다.

"난 또 뭐라고."

김이 샜다. 무슨 대단한 꿀팁이라도 있는 줄 알았는데 겨우 의지라니. 이 자식, 갈수록 말이 능수능란해지는 게 꼭 정치인 같다.

다행히 현재의 강의는 거기서 끝이 아니었다. 면접을 볼 때 꿀팁을 전수해 줬다. 우선 면접 보러 갈 때는 비싼 옷은 입지 않는 게 좋다고 했다. 돈 버는 목적을 의심할 수 있기 때문이란다. 다행히 난 비싼 옷이 없다. 그러니 그건 패스. 또 슬리퍼를 신고 가지 말고 옷도 운동복 대신 깔끔한 티나 면바지, 청바지를 입으라고 했다. 또 알바는 서비스직이 대부분이기 때문에 외모를 중요하게 생각하니 비비크림도 살짝 바르고 머리도 단정하게 하고 가면 첫인상 점수가 아주 좋을 거라고 했다.

"명심해! 무조건 첫인상이 좋아야 해. 그러려면 해맑은 미소를 날려. 미러링 효과를 노리라고. 내가 웃어야 상대도 웃는다. 그럼, 상대는 기분이 좋아진다. 고로 너는 채용이 된다. 알았냐!"

현재는 남은 커피를 단숨에 마시며 강의를 마무리 지었다.

"그럼 난 이만!"

"뭐야. 벌써 가?"

나는 현재를 빤히 봤다.

"이렇게 노닥거릴 시간이면 알바 하나라도 더 뛰어야지. 구해보고 안 되면 이 형님한테 SOS 치고."

현재는 손을 흔들며 커피숍을 나갔다.

현재가 가자마자 핸드폰을 꺼내 사진 앱으로 얼굴을 봤다. 여드름이 창궐인 얼굴은 볼품없는 고딩의 현실을 적나라하게 보여줬다. 하지만 현재가 그랬다. 외모보다 미소라고. 나는 아이돌 멤버 지윤을 떠올리며 양쪽 입꼬리를 씩 올렸다. 꼭두각시처럼 표정이 딱딱했다. 입 운동을 몇 번 한 뒤 다시 씩 웃었다. 조금 자연스러웠다. 맹렬하게 웃는 연습을 하는데 간 줄 알았던 현재가 헐레벌떡 커피숍으로 뛰어 들어왔다.

"야, 너 오늘 당장 알바할래?"

"지금?"

"응. 지금."

나는 현재 손에 이끌려 시내로 나갔다. 가을이라는데 여름은 왜 가다 말았는지 더위가 꺾이기는커녕 한여름보다 후끈했다. 현재는 시내를 제 동네인 양 자연스럽게 걸었다. 런웨이에 오른 모델처럼 당찬 걸음걸이가 멋졌다.

"너 시내 자주 나오냐?"

"당근. 이 골목에서 알바 많이 했거든. 그리고 내가 다니는 학원이 저기야."

현재가 골목 끝을 가리켰다. 나는 현재를 다시 봤다.

"무슨 학원?"

"작곡."

"네가? 작곡을?"

현재가 날 노려봤다. 말투가 '너 같은 녀석이 무슨 작곡이야.'로 들렸나 보다. 사실이 그랬다. 중학교 음악 선생님이 현재를 따로 불러 악보 보는 법을 가르쳤을 정도니 말 다 한 거 아닌가. 그런 애가 작곡이라니.

"난 네가 만날 공책에 낙서만 하는 아무 꿈도 없는 미친놈인 줄 알았지."

"원래 예술가는 모두 미쳐 있지."

예술가라는 말에 하마터면 콧방귀를 뀔 뻔했다. 다행히 그런 사태는 막을 수 있었다. 미친 소년의 심기를 건드렸다간 아르바이트할 기회를 놓칠 테니 말이다.

"저기!"

현재가 골목 중간쯤에 있는 '퍼피샵'이라는 간판을 가리켰다. 퍼피샵은 화장품 가게였다. 남자가 화장품 가게에서 뭘 하냐고 물으려는데 현재가 먼저 가게로 들어갔다. 따라 들어간 퍼피샵은 엄마랑 같이 갔던 올리브땡 가게랑 비슷했다.

"진아야!"

현재가 카운터에 있는 머리 긴 여자애를 보고 손을 흔들었다.

"뭐야. 연락도 없이!"

진아는 눈살을 찌푸렸다. 그러나 난 분명 보았다. 진아의 슬쩍 올라간 입꼬리를.

"우리가 연락하고 그러는 사이였냐?"

"넌 말을 꼭 그렇게 재수 없게 하더라!"

진아가 입을 삐죽였다.

"그랬다면 미안."

현재가 사과하자 굳었던 진아 얼굴이 부드러워졌다. 둘 사이가 의심스러웠지만, 진상을 밝히는 일은 다음으로 미루기로 했다.

"큼큼! 현재야."

나는 헛기침으로 내 존재를 알렸다. 그제야 진아가 누구? 하며 묻는 눈으로 날 쳐다봤다.

"아, 맞다. 여긴 내 친구 전휘. 이달의 고양이."

현재의 소개에 진아가 날 위아래로 훑어봤다.

"좀 말랐네. 할 수 있을까?"

"믿어. 믿어 주는 만큼 잘할 거야. 그치 휘!"

현재가 손으로 내 어깨를 묵직하게 눌렀다. 나는 현재의 말과 행동에서 어떤 힘을 느꼈다. 현재가 부쩍 어른스럽게 느껴졌다. 현재에 비하면 나는 초등학생 같았다. 나는 누가 봐도 흐리멍덩한 눈빛을 하고 있는데 현재 눈에서는 빛이 났다. 중학생이었을 때 나와 현재는 큰 차이가 없었다. 성적도 키도 체형도 고만고만하고, 생각하는 수준은 또래보다 미달이었다. 그런데 고2 지금, 이 순간 나와 현재의 차이는 엄청났다. 마치 시간 여행을 하고 온 사람처럼 세상의 이치를 통달한 듯한 현재의 태도와 말투에 나는 매료되고 말았다.

"잠깐 기다려."

진아가 벽 너머로 사라졌다.

"쟤 누구야? 혹시 네 여친?"

현재가 피식 웃었다.

"나 얼굴 안 봐. 성격 봐."

"내가 널 몰라? 중학교 때 만날 소희 좋다고 쫓아다녔잖아."

소희는 우리 학교 얼짱이었다. 길거리 캐스팅이 될 정도로 외모와 몸매가 좋아서 졸졸 따라다니는 녀석들이 많았다. 그중 가장 지질한 녀석이 현재였다. 중학교 때 외모는 지금은 상상하기 어려울 정도로 처참했다.

진아가 바퀴 달린 커다란 카트에 빛바랜 분홍빛의 후줄근한 인형 옷과 내 얼굴의 세 배쯤 되는 고양이 탈을 싣고 나타났다.

"듣고 왔겠지만 네가 할 일은 인형 탈 쓰고 가게 앞에서 광고지 나눠 주는 거야."

진아가 고양이 탈을 던지듯 툭 넘기며 말했다. 고양이 탈은 눈이 얼굴의 반을 차지했다. 뻣뻣한 수염, 납작하게 눌린 코는 조잡하게 만든 티가 역력했다. 그나마 다행인 건 고양이 탈의 미소다. 누구라도 반하게 만드는 부드럽고 온화한 미소를 가진 고양이였다.

"써 봐!"

진아가 내 머리에 탈을 씌웠다. 너무 무거워서 순간 목이 부러지는 줄 알았다.

“현재야! 나 좀 살려 줘!”

내 목소리가 탈 안에서 웅웅 울렸다. 게다가 숨이 턱 막혔다. 안 되겠다 싶어 탈을 벗으려는데 진아가 후줄근한 인형 옷을 내 가슴팍으로 밀쳤다. 빨리 입으라는 뜻이었다. 나는 시키는 대로 입고 있던 옷 위에 인형 옷을 입었다. 아니 걸쳤다고 하는 게 맞겠다. 옷이 너무 커서 바지가 바닥에 끌렸다. 진아가 지퍼를 올려 주고 난 뒤 거울을 봤다. 거울 속에 꼬질꼬질하게 생긴 길고양이 한 마리가 있었다.

“작은 거 없어?”

현재가 진아에게 물었다.

“인형 옷에 사이즈가 어디 있어. 그러니까 누가 이런 헐렁한 애를 데려오래?”

진아가 타박하듯 말했다. 현재는 미안한 척 머리를 긁적였다. 이것들이 내가 안 들리는 줄 알고 대놓고 흉을 보는 게 분명했다. 나 다 들리니까 그만 좀 하라고 말하려는데 탈이 안 벗겨졌다. 뭐야, 왜 안 벗겨지지? 안간힘을 썼는데도 탈은 꿈쩍을 안 했다. 그러는 사이 진아가 나를 가게 밖으로 밀쳤다. 나는 아무런 힘도 써 보지 못한 채 가게 밖으로 튕겨 나갔다.

주말도 아닌데 거리는 북적였다. 다들 손에 쇼핑백 하나씩 들고 얼굴에 미소를 머금었다. 가게 앞 스피커에서는 경쾌한 음악이 흘러나오고 사람들이 파도처럼 골목 안으로 밀려 들어왔다. 나는 엉거주춤 서 있다가 사람이 지나가면 몸을 움츠렸다. 탈을 썼음에도 불구하고 창피한 건 창피한 거다. 게다가 인형 탈은 너무 눈에 띄어서 사람들의 시선을 순식간에 빨아들였다. 쏟아지는 눈길에 팔과 다리, 눈을 어떻게 해야 할지 도통 알 수가 없었다.

“뭐 해? 빨리 흔들어.”

현재가 재촉했다.

“흔들라고?”

현재 귀에 대고 큰 소리로 물었다.

“음악에 맞춰 춤을 추라고.”

“광고지만 나눠 주면 되는 거 아냐?”

“내가 말했지. 돈 버는 의미를 생각하라고. 넌 지금 백만 원이 필요해. 그런데 그렇게 뻣뻣하게 서 있으면 백만 원은커녕 당장 잘릴걸! 최선을 다하지 않으면 그 어떤 것도 얻을 수 없다는 걸 명심하라고."

현재가 눈썹에 힘을 주며 말했다.

"그치만 춤은 좀……."

"넌 지금 인간 '전휘'가 아니야. 한 마리의 고양이라고!"

현재의 한마디에 온몸에 털이 곤두서는 느낌이 들었다. 그냥 서서 광고지만 주는 일이 탈 알바의 일이 아니었다. 어떻게든 사람들의 시선을 끌어서 가게로 손님을 끌어들이는 일이 이 일의 가장 중요한 업무다. 돈을 많이 주는 데는 다 이유가 있었다. 나는 입술을 깨물었다. 그래, 이왕 이렇게 된 거 해 보자. 한 달이다. 한 달 후에 엄마에게 당당하게 돈 백만 원을 멋지게 건네는 내 모습을 상상하니 꽉 쥔 주먹에 저절로 힘이 잔뜩 들어갔다.

난 눈을 감고 고양이가 되는 상상을 했다. 그리고 천천히 팔과 다리를 흔들었다. 경박스럽지 않게 고상하게. 고양이다운 몸짓으로 말이다. 딱딱하게 굳은 몸뚱이를 노래에 맞춰 조금씩 흔들었다. 감춰 두었던 감각이 깨어나는지 몸은 리듬을 타기 시작했다. 이제 돈 개념은 1도 없는 데다가 도둑질로 인생의 쾌락을 추구하던 과거의 나에게서 벗어나 거친 세상으로 고개를 들이미는 고양이 아르바이트 분투기를 써 보련다.

다소 엉성한 몸짓이었지만 커다란 인형 옷이 있기에 크게 신경 쓰지 않았다. 그게 오히려 나를 더 고양이답게 했다. 이왕이면 어설픈 춤보다 막춤이 이목을 끌 것 같았다. 엉덩이를 요리조리 흔들고 머리를 슬쩍슬쩍 꺾었다. 수염을 쓸고 두 손을 턱에 대고 야옹 소리도 내 보았다.

"어머머! 저 고양이 인형 좀 봐. 너무 귀엽다!"

짧은 치마를 입은 키 큰 여자가 소리를 지르며 달려왔다. 그러자 같이 있던 한 무리의 여자들도 우르르 몰려왔다. 나는 금세 여자들에게 둘러싸였다. 어떤 여자는 내 얼굴을 잡고 흔들고 어떤 여자는 꼬리를 흔들었다. 놀란 나는 정신을 가다듬고 아까보다 더 격하게 춤을 췄다. 시간이 갈수록 용기가 마구 솟구쳤다.

"귀엽기만 한 게 아니라 완전 섹시한데."

볼이 통통한 여자가 내 엉덩이(정확히 말하면 고양이 엉덩이)를 철썩 때렸다. 이거 성추행! 남의 엉덩이를 함부로 만져도 되냐고 따지려는데 머리띠를 한 여자가 내 얼굴(정확히 말하면 탈)을 양쪽에서 잡고 흔들며 귀엽다는 말을 백 번은 내뱉으며 혼을 쏙 빼놓았다.

생각 같아서는 멱살이라도 잡고 흔들고 싶었다. 하지만 참아야 했다. 현재가 어떤 일이 있어도 고양이라는 걸 잊지 말라고 하지 않았던가. 그 말인즉슨 돈 벌고 싶으면 열 받는 일이 있어도 참아야 한다는 뜻이다.

나는 입술을 꽉 깨물고 여자들에게 광고지를 나눠 주며 엉덩이춤을 선사했다. 여자들은 응답이라도 하듯 손가락 총을 쐈다.

언젠가 엄마가 그랬다. 세상에 쉬운 일은 하나도 없다고. 개같이 벌어서 정승같이 쓴다는 속담이 괜히 나온 말이 아니라고 했다. 오늘에야 나는 그 속담이 왜 주옥같은 명언인지를 알 것 같았다.

광고지를 나눠 주면서 "퍼피 퍼피 퍼피샵!"을 유행가에 갖다 붙이며 노래를 불렀다. 내가 신이 나야 일이 더 즐겁지 않을까 싶어서였다. 덕분에 광고지를 받아 가는 사람들이 많았다. 광고지가 날개 돋친 듯이 나가고 가게로 들어가는 손님이 늘자 콧노래가 저절로 나왔다. 한 시간 만에 탈 아르바이트의 경지에 오른 것만 같았다.

그런 나를 아까부터 유심히 보는 눈이 있었다. 건너편 신발 가게 앞에 서 있는 피에로 알바였다.

"안녕!"

내가 먼저 다가갔다.

"안녕! 새로운 알바구나?"

"어떻게 알았어?"

"지난주까지 했던 알바는 춤 안 췄거든."

"그럼, 뭐 했는데?"

풍선 인형이 퍼피샵 가게 앞에 놓인 구겨진 상자를 가리켰다.

"저 상자 안에 누워서 광고지 나눠 줬어."

어이가 없었다. 어떤 놈인지 몰라도 하루 만에 잘렸을 거다. 돈을 거저 벌려고 했으니 당연한 결과가 아닐까.

"그 알바 이 거리에서 유명해."

유튜브에서 일명 눕탈 알바로 통한다는 내 전 알바는 퍼피샵에서 고액을 받고 일 년 동안 일을 했단다. 그 알바가 지난주에 그만두고 오늘 내가 온 것이었다.

"살아남으려면 눕탈 알바를 뛰어넘어야 할걸!"

얼마나 인기가 있었길래 유튜브까지 나온 건지 신기해서 자세한 걸 물으려는데 초등학생들이 내게로 몰려들었다.

"와! 이 인형 나 갖고 싶다."

바가지 머리를 한 여자애가 내 손을 잡고 흔들었다. 그 애 말이 떨어지기 무섭게 테니스 치마를 입은 여자애가 '나도 나도' 했다. 그 말에 무슨 전염성이라도 있는 건지 다섯 명의 초등학생이 일제히 달려들어 내 손을 잡고 날 껴안았다. 아이돌 못지않은 인기에 몸 둘 바를 몰랐다. 나는 본분을 잊지 않고 초등학생 한 명 한 명에게 광고지를 나눠 줬다. 아이들은 떠날 때까지 내게 웃음을 보냈다.

나를 지지했던 초등학생이 사라지자 더위가 엄습해 왔다. 달력의 숫자는 가을을 가리켰지만, 기상 이상인지 아니면 가는 여름이 가을을 시샘한 탓인지 더위가 기승을 부렸다. 탈을 쓰고 한 시간이 지나자 땀이 머리에서 분수처럼 샘솟았다. 탈출구를 찾지 못한 땀은 이마를 타고 내려와 눈을 찔렀다. 누군가 소금을 눈에 확 뿌린 듯한 고통이었다. 이러다 안구가 돌출될 것만 같아 탈을 벗으려고 하는데 진아가 가게에서 뛰어나왔다.

"야, 일하다 말고 뭐 해?"

"땀이 너무 나서."

나는 탈을 빼꼼히 들어 숨을 토해 냈다.

"사장님 보시면 어떡하려고 그래."

진아가 간판 쪽을 보며 미간을 찌푸렸다. 자세히 보니 CCTV가 간판 밑에 있었다. 아! 감시당하고 있을 줄이야. 기분이 확 나빠졌다.

나는 진아가 건넨 물티슈로 얼굴을 대충 닦고 다시 탈을 꾹 눌러 썼다. 시간이 갈수록 이런저런 문제가 툭툭 터졌다. 땀은 한두 방울이 아니라 아예 바가지로 뿌린 듯 쏟아져 내렸다. 소변 마려울까 봐 물도 안 마셨는데 요의는 어김없이 찾아왔다. 가게에는 남자 화장실이 없어서 옆 상가까지 갔는데 하필 지퍼가 등 뒤에 달려서 내리는데 한참이 걸렸다. 거기가 끝이 아니었다. 혹시나 옷이 바닥에 끌릴까 봐 한 손으로 옷자락을 쥐고 다른 손으로 볼일을 보는데 조준에 실패해서 오줌이 바짓단으로 튀었다.

"으악!"

나는 괴성을 질렀다. 짜증이 솟구쳤다. 거의 재앙 수준이었다.

그나마 삼 일째 되니 요령이 생겼다. 하지만 정말 요령이 통하지 않는 건 불시에 날아오는 폭력이었다. 상대는 장난스레 툭툭 치는 거라지만 당하는 내게는 타격감이 상당했다. 고통과 비례하는 화가 치밀었다. 딱 한 놈만 걸려라. 그땐 용서치 않으리라 결심하던 차에 중딩으로 보이는 녀석이 딱 걸렸다.

"이 녀석이 어디서 사람을 쳐! 어느 학교 몇 학년이야? 응!"

녀석에게 들리도록 있는 힘껏 소리치며 손목을 꽉 잡았다.

"왜 그러세요? 저 고양이 때렸는데요."

억울하다는 표정이다. 어이가 없었지만 지나가는 사람이 쳐다봐서 무섭게 다그칠 수가 없었다. 이래저래 나만 손해 같아서 다시는 그러지 말라고 경고하고 손을 놓아주었다. 그런데 은혜도 모르는 녀석이 돌아서서 혀를 쏙 내밀었다.

"야, 바보 고양아! 멍청이야!"

너무 유치해서 헛웃음이 나왔다.

"괜찮아?"

진아가 나와서 한마디 했다. 고개를 끄덕였지만 탈 안에 든 내 얼굴은 분노, 좌절, 치욕, 후회로 뒤범벅되어 일그러졌다.

"이 알바가 왜 시급이 높은 줄 알겠지?"

"혹시 현재도 이 알바했어?"

"몰랐어? 지난주까지 한 애가 현재야?"

그럼, 피에로 인형이 말한 그 눕탈 아르바이트가 현재!

"학원비 번다고 일 년 꼬박하더니 지난주에 목표 달성했다고 그만뒀어."

중학교, 고등학교를 같이 나왔고 같은 반도 여러 번이어서 현재에 대해 많이 안다고 생각했는데 아니었다. 현재의 가정 형편도 몰랐고 더더욱 현재의 꿈은 물은 적이 없다. 항상 초점 없는 눈빛으로 창밖을 응시하는 별 특징 없는 애라고만 생각했으니 대단한 오해를 한 것이다.

"현재는 이거 말고 알바 많이 해. 식당 서빙, 놀이동산 안내, 공사장에서 허드렛일도 했을걸! 사실 이 알바가 별거 아닌 것으로 보여도 힘들어. 탈을 쓰고 있으니까 사람들이 함부로 하는 경우도 많고."

"현재 녀석, 진작 말해 주지."

"왜? 그만두게?"

"내가 언제 그만둔댔어."

나는 땀이 눈을 찌르는 걸 겨우 참고 말했다.

"그럼 다행이고. 그나저나 땀이나 닦고 해."

진아가 내 탈을 벗겨 주더니 손수건을 내밀었다. 탈이 벗겨지는 순간 오목조목한 얼굴로 나를 보는 진아가 한눈에 확 들어왔다.

"알바는 왜 해?"

진아가 가게 앞 진열대에 놓인 물건에 줄을 맞추며 물었다.

"엄마 핸드폰으로 현질 해서."

진아가 날 한심한 눈으로 봤다. 이런 반응을 예상했지만, 거짓을 말하고 싶지는 않았다. 현재가 말한 목적의식을 자꾸 되새겨야 현실에서 도망치지 않을 것 같아서다. 내가 저지른 일에 책임을 져야 한다는 다짐이기도 했다.

"너는 알바 왜 해?"

"내가 너한테 그런 것까지 말해야 하니."

진아는 톡 쏘고는 가게 안으로 들어갔다.

남은 시간은 이제 한 시간. 생리 현상과 외부인들의 관심과 폭력으로 날 지켜야 하는 시간이기도 했다. 돈을 번다는 건 이런 부조리와 어쩔 수 없는 환경을 견디는 일인지도 모르겠다.

문득 엄마가 생각났다. 남편 없이 혼자 자식을 키우는데 믿을 건 돈밖에 없다던 엄마 말이 살짝 이해되는 시점이었다. 엄마에게 돈이란 타인의 곱지 않은 시선과 환경을 견디게 하는 버팀목이었겠지. 돈이라는 걸 벌어 보니 엄마의 지독한 돈 사랑을 조금이나마 알 것 같았다.

아니다. 나는 어쩌면 죽을 때까지 엄마의 삶을 이해하지 못할지도 모른다. 다만 지금은 엄마가 쌓은 성벽에 내가 뚫어 놓은 구멍을 막는 일에 최선을 다해야 한다. 현재가 현실을 견디고 넘어서기 위해 온갖 아르바이트를 하며 꿈을 키우는 것에 비하면 나의 아르바이트는 이제 걸음마 수준이지 않을까.

탈을 썼다. 나는 다시 고양이가 되었다. 고양이가 되는 일은 아주 쉬우면서도 어려운 일이었다.

"야옹! 수딩젤 50% 세일 중. 어서어서 들어와 보라고 옹!"

나는 조금 전보다 더 과감하게 고양이 춤을 췄다. 손짓, 발짓은 더 유연해졌다. 모든 이의 마음을 다 사로잡을 귀여움을 무장하고 말리라는 나의 다짐은 쏟아지는 가을 햇살로 더욱 빛났다.

나를 지키는 건 나야.
봄날에도 바람은 분다
김영주

유진과 서영

3월 초, 입학식 때였다. 뒷자리에 앉았던 한 아이가 옆으로 밀렸다가, 앞으로 떠밀리기를 반복했다. 그러다 결국 제일 앞자리에 앉게 된 아이를 유진이가 지켜보았다. 한마디도 못 하고 당하는 아이, 마치 바다 위에 떠 있는 페트병 같았다. 주눅 든 아이 곁으로 유진이가 다가갔다.

"야, 너 왜 거기 있어? 네 자리 맡아 뒀는데. 이리 와."

'나를 언제 봤다고 내 자리를 맡아 둬?'

아이는 얼떨결에 이끌려 가서는 유진이가 가리킨 자리에 앉았다. 아이는 유진이를 곁눈질했다. 유진이는 태연하게 말했다.

"앞을 봐! 고개 들고, 어깨 펴고. 첫날부터 밀리면 끝내는 못 버텨. 이 학교를 나가야 해. 나는 김유진, 넌?"

"나? 음……음, 박……서영. 박서영."

"한 번만 말해. 박서영! 알았다고. 후훗!"

유진이와 서영이는 마주 보고 한참을 웃었다. 서영이는 어색했지만, 처음으로 내일이 궁금해졌다. 서영이를 밀어낸 아이들은 휴대폰만 두드렸다. 더러는 하품을 찢어지게 하다 이내 고개를 떨궜다. 유진이는 입학식이 끝날 때까지 흐트러짐이 없었다. 서영이는 그런 유진이를 닮고 싶었다.

다음 날, 등교 때 유진이 뒤를 서영이가 따라갔다.

"안녕, 서영아!"

유진이는 뒤통수에 눈이 있나 보다.

"안……녕, 유진아!"

누군가 서영이에게 인사해 주는 아침은 처음이었다. 그날 이후부터 서영이는 유진이 옆을 떠나지 않았다. 유진이와 대화는 많지 않았다. 유진이는 늘 생각에 깊이 잠겨 있곤 했다. 서영이는 유진이 곁으로 다가가려다 왠지 모를 무게에 눌려 소리 없이 돌아와 앉았다. 그 순간 유진이는 몹시 차가웠다. 선뜻 '유진아, 무슨 생각해?'라고 묻지 못했다.

유진이는 기숙사 생활을 하지 않는다. 수업이 끝나면 갈비구이 식당으로 내달린다. 식당 일이 끝나면 곧바로 편의점 알바를 하러 간다. 유진이는 이제껏 세 시간 이상 잔 적이 없었다. 화로에 데어 욱신거리는 밤을 자주 지냈다.

실습 때는 누구보다 열심이고 싶었는데, 유진이 고개는 제 맘대로 떨궈졌다. 잠은 쫓으면 쫓을수록 달라붙었다. 당장 소원이라면 한 삼 일 깨지 않고 자는 것이다. 등을 누르는 무게를 내려놓고 등을 붙이고 자고 싶었다.

실습 시간에 졸지 않으려고 안간힘을 썼다. 케이크 시트에 생크림 바르는 스페츌러가 자꾸 엇나갔다. 돌림판을 돌리다 고개는 맥없이 떨어졌다. 서영이는 안절부절못했다. 그 모습을 지켜보던 제빵 선생님이 말했다.

"유진아, 조금 쉬었다 하면 어떠니? 서영이는 네 할 것 하고."

유진이가 알바를 여러 개 해 잠이 부족한 것은 다들 아는 사실이다. 언젠가 제빵 선생님이 말했다.

"유진아! 숨을 참으려면 우선 숨을 잘 쉬어야 해. 무조건 참으면 얼마 못 가서 질식하던가, 숨이 차올라. 나의 마음을 알아야 해. 네 안 깊숙이 있는 너에게 말해. 너만을 위해 사는 게 뭔지 물어봐."

그 말을 듣는 순간 유진이 가슴은 터질 것 같았다. 내 마음을 남이 더 잘 알고 있다는 사실에 머릿속이 싸했다. 유진이 안에 눌려 있던 또 하나의 유진이가 말했다.

'너는 누구를 위해 알바를 하고, 네가 번 돈을 어디에 쓰고 있니?'

유진이가 받아 온 주급은 번번이 알코올 중독인 아빠가 낚아챘다. 스멀스멀 기어오르는 굵은 애벌레같이 늘어진 아빠. 늘 술에 절어 있었다. 치우지 못한 음식물 쓰레기에서 기어 나온 구더기를 유진이는 한 마리 한 마리 밟아 터뜨렸다. 거대한 애벌레를 밟을 때 툭 터지는 질감을 느꼈다. 축 늘어져 벽에 기대 해롱대는 아빠를 노려보면서……. 그 순간 손가락이 으스러지게 힘을 줬다. 발에 밟히는 소주병을 모아 슈퍼에서 돈으로 바꿔 오면서 천 원짜리 두어 장을 움켜쥘 때면 동냥하고 오는 듯 비참했다. 그 돈마저 아빠에게 뺏기곤 했다.

오늘도 실습 시간에 유진이는 빠르게 손을 움직이며 빵을 만들었다. 알코올 냄새 풀풀 나는 집의 악몽을 페이스트리 구워지는 냄새로 휘발시켰다. 유진이는 빵 냄새를 몸속 깊숙이 들이마셨다. 서영이는 유진이를 따라 했다. 눈 감고 심호흡할 틈을 타 같이했다. 눈을 뜨니 유진이가 빤히 쳐다보고 있었다. 서영이는 돌처럼 굳었다. 볼은 붉어졌다. 무표정하게 바라보던 유진이가 참았던 웃음을 터뜨렸다. 붉어진 서영이의 볼은 더 붉어졌다. 유진이가 서영이에게 말했다.

"넌 왜 매번 숨어?"

"응?"

"아까처럼 네가 하고 싶은 대로 해."

"아까처럼?"

"응, 아까처럼!"

"나……는, 나……는, 음, 네가 날 귀찮아할까 봐."

"네가 언제 날 귀찮게 했는데?"

"미안!"

"저 봐, 또 숨는다. 미안한 짓을 안 했는데 왜 미안해?"

"고……마워!"

"또, 또 그런다. 고마운 일을 해 주지 않았는데 뭐가 고마워?"

"나는, 나는 말이야……. 내게 말 걸어 준 네가 고마워. 내게 말 걸어 준 건 네가 처음이란 말이야."

서영이는 눈물을 흘렸다. 유진이는 당황했다. 서영이는 위생 모자를 벗어 쥐고, 실습실을 뛰쳐나갔다. 유진이는 서영이를 따라가지 않았다. 실습 시간이 끝나고 교실로 돌아갔을 때, 서영이가 충혈된 눈으로 유진이를 바라봤다. 유진이가 서영이에게로 다가가 말했다.

"반갑다, 친구!"

웬 뜬금 맞은 말인가 싶어 서영이가 눈이 동그래져 물었다.

"방금 전에 봤잖아. 근데 반갑다고? 그리고 친……구?"

"그래, 친구!"

서영이는 눈물이 그렁그렁해져 유진이를 바라봤다.

"또 울어? 서영아, 이제 내 앞에서 숨기 있기? 없기?"

"엉? 음, 없기!"

"호호호, 그래야지. 빨리 못 알아봐서 미안해, 서영아!"

"아니, 늦게 오지 않았어. 드디어 온 거지."

선우정

반 아이들과 담임의 첫 만남 때였다.

"내 이름은 선우정이다."

"선 씨라고요? 그럼 이름이 우정?"

"성은 선우, 이름은 정!"

선우정 선생님이 정색하고 말했다. 누군가 장난스럽게 말했다.

"아! 초코파이 정? 큭큭큭!"

선우정 선생님은 국어를 가르친다. 그리고 진로 상담을 담당하고 있다. 준서는 담임인 선우 선생님이 마음에 안 드는 것처럼 시시때때로 시비를 걸었다. 이름부터 거슬렸다. 성이 '선우', 이름은 '정'. 웃음기라고는 찾아볼 수 없는 얼굴, 대체 어디에 정이 있을지!

늘 수업이 끝날 때쯤 들어오는 준서가 기어이 일을 냈다. 결석 처리했단 이유였다.

"아, 쫌!"

준서는 선우 선생님을 때릴 기세로 주먹을 들어 올렸다. 주먹은 거의 눈앞에 도드라졌다가 교탁 위를 내리쳤다. 선우 선생님은 평정을 잃지 않았다. 그러나 몸은 교실 밖으로 향하고 있었다. 마침 복도에 교장 선생님과 교감 선생님이 나란히 걸어오고 있었다. 그제야 얼굴은 붉어졌고 목소리는 떨렸다.

"교장 선생님, 방금 전 한 학생이 제게 주먹을 들이댔습니다."

흥분한 선우 선생님과는 달리 두 사람은 여유 넘치게 웃었다.

"선우 선생님, 진정하시고 교장실에 가서 차나 한잔 합시다."

교감 선생님도 태평스럽게 거들었다.

"갑시다."

기막혔다. 방관하는 모습이 따로 없었다. 한마디 '툭' 던지고 멀어져 가는 두 사람. 선우 선생님은 걸음을 멈췄다. 이 학교에는 함께할 어느 것도 없음을 단번에 실감했다.

그때 수업 마침 종이 요란히 울렸다. 삽시간에 쏟아져 나온 아이들은 토네이도처럼 휘어 감고 지나갔다. 선우 선생님의 어깨는 눅눅해진 김처럼 처졌다. 긴 교직 생활이 그동안 이룬 것 없이, 물거품처럼 사라지는 듯한 자괴감을 느꼈다. 복도를 지나는 아이들이 하나둘씩 지워졌다. 전력이 약해져 파르르 떠는 형광등을 따라 선우 선생님의 열정도 희미해져 갔다.

도심 속 학교에서 많은 아이와 복닥거리고 싶지 않았다. 이제는 한적한 곳에서 게으름 좀 피우며 지내고 싶었다. 하지만 그런 생각 자체가 사치요, 허영인 걸 얼마 못 가서 깨달았다. 해안과 평야가 있는 이곳. 지원하게 된 그때의 기억마저 혼미했다. 독신으로 어떤 곳에도 구애받지 않았다. 빌어먹을 낭만 찾으려다 명퇴 위기와 맞닥뜨렸다.

'열심히 일한 당신 떠나라!'

어느 광고의 카피는 카피일 뿐……. 현실은 그리 호락호락하지 않았다.

이곳 소평제일고등학교가 있는 소평마을은 염전과 논이 함께 있는 곳이다. 한쪽 편에는 쨍쨍한 햇볕 아래 하얀 눈을 밀고, 반대편에는 논두렁 속 오리들이 꽥꽥거린다. 학교는 염전과 논이 내려다보이는 소평 면사무소 바로 옆에 위치해 있다. 문구점은 없지만, 우체국과 국숫집, 철물점과 수도설비 가게, 농약사, 김의원 내과 등 모든 게 하나씩 있다. 얼마 전에는 핫플레이스가 생겼다. SeU 편의점이다.

이 마을의 유일한 고등학교는 학생들의 상태가 형편없었다. 그것도 모르고 스스로 지원해 온 선우 선생님. 절제 없고 개념 없는 아이들이 감당 안 됐다. 분명한 선이 절실히 필요했다. 고민

끝에 선우 선생님은 어떠한 요구도, 자제도, 동조도 없는 무표정을 고수하기로 했다. 본인 성격에 가장 근접한 방편을 택했다고나 할까? 원래 밝고 수다스러운 성격은 아니었다. 선우 선생님에게 무리 없는 경계였다.

수업은 늘 일시 정지 버튼을 누르지 않으면 계속 돌아가는 MP3 같았다. 특히 국어 수업은 멈춤이란 게 없다.

"제망매가의 주제는 누이의 죽음을 추모하고 불교적 구도를 통한 재회를 염원함입니다. 10구체 향가의 전형적인 형식을……."

줄줄 읊었다. 호흡이 무척 길고 또 길었다. 선우 선생님은 고개 한 번 들지 않았다.

"아휴, 시끄러워!"

누가 말했는지 알아보려 하지 않았다. 아주 잠깐 끊겼을 뿐, 선우 선생님은 다시 이어 갔다.

"1행부터 4행까지는 누이의 이른 죽음에 대한 안타까움을 노래하고 있고……, 5행부터……."

"노래해? 누가 하는데요? 히히히!"

"우아, 개 웃겨. 이 새끼!"

"헤헤헤…… 켁켁켁!"

키득대는 것도 모자라 기침까지 덧붙여 난리 법석을 부렸다. 그 가운데 준서가 고개를 들며 소리쳤다.

"아가리 좀 다물어! 잘 수가 없잖아, 새끼들아!"

작은 소리가 들렸다.

"지 겨드랑이 냄새 때문에 못 자겠지. 크크크."

선우 선생님은 이 난장판에도 끈기 있게 이어 갔다.

"흠흠……흠, 시어 '이른 바람에'를 보자. '이른'은 일찍 찾아온 또는 예상보다 일찍 찾아왔다는 의미이고, '바람'은 삶과 죽음을 가르는 자연의 섭리를 말합니다. 갑작스럽게 맞은 누이의 죽음을 의미합니다."

잔잔히 흐르는 강물처럼 그렇게 지났다.

"자, 오늘은 여기까지."

한숨과도 같았다. 누가 들었다고 여기까지일까? 교실 안에 아이들은 있어도 없었다. 사면초가인 이 상황을 아는지 모르는지, 그제야 미어캣처럼 여기저기서 고개를 들었다. 눈곱만큼도 심각하지 않은 채.

다음 날, 선우 선생님은 교실로 유유히 들어왔다. 교탁 위에 출

석부를 펼쳤다. 짧게 눈을 추켜올려 체크했다. 제시간에 들어온 준서를 잠깐 봤을 뿐이다.

"오늘은 작문 수업을 할 거야. 참, 아까 오다 들었는데 '종로에서 빰 맞고 한강에 가서 눈 흘긴다.'가 맞아."

칠판에 '작문'이라 쓰고 괄호 안에 한자로 '作文'까지 썼다. 그래도 알아들을 리는 없었다. 곧이어 부연 설명을 덧붙였다.

"작문은 글쓰기다. 주제는 '나의 진로와 미래'다."

아이들은 멍하니 앞을 바라보다 누군가 말했다.

"주제요? 무슨 미래에 대해 글쓰기를 해요? 왜요? 우리한테 미래가 있어요? 없지."

선우 선생님은 교실 안을 빙 둘러보았다.

"없는 사람은 지금부터 만들어."

잠시 고요를 깬 것은 준서였다.

"난 유학 갈 거니까. 뉴욕으로……."

그때 선동이가 등짝 스매싱을 날리며 한마디 던졌다.

"뭔 개소리야? 가고나 말해, 새끼야!"

준서는 선동이의 말을 묵살하고 한술 더 떴다.

"내가 타고 다닐 차까지 마련해 놨다는데."

“그래, 가서 타, 타! 그 개뺑구라 듣기 싫어. 가 버리라고!”

선우 선생님의 ‘탁탁’ 교탁을 치는 소리, 참고 참았다는 시그널이다.

“자, 글로 써라.”

들었는지 말았는지 대부분 엎드렸다. 1학년에는 여자 셋. 유진이와 서영이는 노트를 펴고 볼펜을 잡았다. 하지만 민경이는 무릎 담요를 뒤집어쓴 모습이 깊은 겨울잠에 든 곰이 따로 없었다.

준서는 연신 샤프심을 노트 위에 ‘똑똑’ 부러뜨렸다. 눈은 선우 선생님을 주시했다. 고개를 들어 아이들을 바라보니 준서, 유진, 서영이만 고개를 들고 있었다. 선동이가 미적미적 일어나 노트에 끄적대다 엎어졌다.

수업 끝나기 전 5분을 남기고, 작문 노트를 걷었다. 유진이가 제일 먼저 일어났고, 이어 서영이…… 준서와 선동이 노트를 내밀었다.

“네 명 말고 안 쓴 사람들은 다 써서 다음 시간까지 내라!”

하나 마나 한 소리다. 역시나 대답하는 사람은 한 명도 없었다. 선우 선생님은 재차 확인하지 않고 교실 문을 나섰다. 그제야 길게 한숨을 내쉬었다. 한숨이 새삼스러워 씁쓸히 미소를 흘렸다.

선우 선생님 자리는 도서실에 있다. 들어오자마자 의자에 털썩 주저앉았다. 들고 있던 노트를 '턱' 책상 위에 내려놨다. 먼지가 공중에 떠 웅성거렸다. 지금 선우 선생님의 무기력해진 마음처럼. 손깍지를 끼고 머리 위로 있는 힘껏 치켜올렸다. 뼈 마디마디에서 그간 눌린 신경이 돋아나 소리를 냈다. 내친김에 굳었던 목을 좌우로 되돌려 긴장된 근육을 풀었다. 아이들의 모습이 하나하나 떠올랐다. 길을 잃고, 자기를 모르고, 가진 것마저 놔 버린 아이들.

쌓인 네 권의 노트를 내려다봤다. '김유진'이라 쓰인 이름 옆에 소나무가 그려진 노트가 제일 먼저 눈에 들어왔다. 펼쳐 보니 글을 빼곡히 써 놓았다. 읽어 내려가면 내려갈수록 깊은 바다 저 아래로 가라앉았다. '휴우!' 긴 숨에 올렸던 어깨가 서서히 내려왔다. 유진이의 통점을 마디마디 짚어 내리며……. 마치 통증이 전이되는 것 같았다.

'나는 유명 베이커가 되는 게 목표다. 그러기 위해서는 스위스로 유학을 가고 싶다. 다양한 제빵 기술을 배우기 위해서다. 무엇보다 집과 가족을 최대한 멀리 떠날 수 있는 방편이 된다. 솔직히 말하면 굳이 유명하길 바라지 않는다. 내가 어디에 있는지 모르는 곳에서 빵을 구울 수만 있다면 더 바랄 게 없다. 희망은 희망일 뿐, 내게 과연 그런 행운이 올 리가 있을까! 꿈꾸면 이뤄진다는데, 내가 그다지 재수가 있는 편이 아니라서…….(생략)'

다음은 준서의 노트를 펼쳤다. 짐작한 그대로였다.

'…………………………………'

끝없는 점만 찍혀 있는 것. 왠지 모르게 솔직한 마음을 보는 것 같았다. 떠벌리던 준서의 말들은 사라지고 없었다. 온통 상실감으로 느껴졌다. 막막함일까? 포기일까? 아니면 될 대로 되라 일까? 할 말, 들어 줄 사람, 의지할 사람도 없다는 것일까? 준서는 대답을 기다린 적이 없었다. 그냥 혼자 떠벌였다. 선우 선생님은 답답함을 느꼈다. 버릇처럼 책상 가운데를 손톱으로 '탁탁' 쳤다.

서영이의 글에는 유진이 이름만 빼곡했다. 기승전 '유진'이었다. 서영이의 현재도 미래도 유진이었다. 평상시에는 말 없는 서영인데, 유진이를 향한 마음이 두려울 정도로 간절했다. 유진이의 말 한마디 한마디마다 의미를 뒀다.

'유진이는 반에서 제일 월등하고 늘 열심이다. 실습 때, 종종 나를 도와준다. 내게 친구가 생긴다는 건 상상도 못 했다. 유진이만 있으면 나는 행복할 거다.(생략)'

과연 서영이가 말하는 '미래'는 무엇일까! 얼마나 외면당하고, 밀려났던 걸까! 유진이가 있어 행복하다는 서영이에게 위기감이 느껴졌다.

다음은 마지막 선동이의 노트를 펼쳤다. 쓴 것만으로도 의외였는데, 딱 한 줄이 적혀 있었다.

'미래? 웃기는 소리.'

겉보기에 선동이는 부족한 게 없어 보이는데, 미래를 비웃는 건 왜일까! 아이들의 글 속에서 감지되는 '결핍, 상실, 부정'을 어떻게 복구해야 할지 착잡해졌다. 선동은 활달해서 반 아이들과 잘 지냈다. 엄마와 아빠는 교사다. 금요일이면 어김없이 부모가 차로 데리러 왔다. 선동이 표정은 180도 달라졌다. 애당초 선동이가 이 학교에 들어온 건 1등급을 위해서다. 중학교에서 중간만 달리던 선동이에게 마지막 희망을 건 것이다. 하지만 선동이는 점점 뒷걸음치고 있었다.

준서

귀청이 날아갈 듯한 매미 소리에 섞여 1교시 수업 종이 울렸다. 수업 끝나기 15분 전에 교실 앞문을 패기 차게 여는 한 사람, 준서다. 늦음에 대한 미안함이나 다급한 기미는 전혀 없었다. 선우 선생님은 힐끗 쳐다보고 말했다.

"결석이다."

"아, 왜요? 배 아픈데 화장실에서 어떻게 나와요? 금방 쌀 것 같은데, 교실에 지려요?"

오늘은 다를까 싶었지만, 역시나 단골 레퍼토리는 돌아갔다.

"수업 시간 절반이 넘도록 안 들어왔으니 당연한 거다."

준서에게 눈길도 주지 않았고, 무심히 말을 흘렸다. 그러자 준서는 버럭 소리 질렀다.

"그러는 게 어디 있어요? 왜요? 왜요! 왜 결석인데요! 쟤네들은 저러고 있는데 쌤 수업하는 거 맞아요?"

눈을 부라리고 턱 끝을 치켜올리며 대들었다. 이런 행동이 한두 번이 아니었기에, 선우 선생님은 빤히 바라보고는 눈을 내리깔았다. 준서는 더 기세등등해졌다.

"결석 처리 안 할 거죠?"

선우 선생님은 대꾸하지 않았고 때마침 종이 울렸다. 준서는 일부러 교탁 앞에 우뚝 서더니 끝끝내 한마디 더 던졌다.

"결석 처리했담 봐요. 교육청에 바로 고소할 테니까, 쌤은 10분도 수업 안 했잖아요. 수업 도중에 나갔다 오고……."

선우 선생님이 낮은 목소리로 물었다.

"매번 적반하장이란 생각은 하지 않니?"

"적반하장이요? 저 그런 말 모르겠고요, 정 그러시다면 저는 고소할 수밖에 없어요. 교육청에……."

그다음 날, 수업 끝나기 10분 전에 들어온 준서의 딴지가 또 시작됐다. 선우 선생님은 한숨을 길게 내쉬었다. 그리고 한마디 던졌다.

"또 재생이니? 어제 고소 건은 마무리됐고? 그래도 넌 결석이야!"

그 애는 지지 않고 맞받아쳤다.

"왜 나한테만 번번이 난리 치는데요?"

선우 선생님이 말했다.

"뒤를 돌아봐라! 너 말고 누가 서 있니?"

준서는 의기양양하게 교실을 둘러봤다. 마치 놀리기라도 하듯, 자리에 모두 앉아 있었다. 엎드려 있는 아이들도 있었지만 어쨌든 각자 자리에 있었다.

"니들 뭐냐? 재수 없게……."

재미있어 죽겠다는 듯 키득댔다. 한 녀석이 엄지를 세우고 약을 올렸다. 준서는 주먹을 내밀며 어금니를 질끈 물었다.

선우 선생님은 숨을 고르려, 교탁 위를 가운데 손톱으로 '탁탁' 소리 나게 쳤다.

이곳 소평제일고등학교에는 산업기계과와 식품가공과가 있다. 올해는 식품가공과만 모집되었다. 준서를 포함한 대부분이 어떤 목표가 있어서 온 것은 아니다. 최악의 바닥인 성적 때문에 하는 수 없이 온 아이들이 많다. 간혹 내신 1등급을 받기 위해 오기도 한다. 조금만 열심히 하면 떼 놓은 당상이었다. 그게 아니더라도 각종 자격증을 얻을 수 있다. 하지만 자격증을 취득하려는 열의를 갖은 아이는 그리 많지 않다. 한편 학교 특성과 혜택을 보고 오기도 한다. 학비와 기숙사가 무료다. 가정 형편이 어려운 경우 많은 도움이 되기 때문이다. 집이 먼 아이들이 많아, 한둘만 빼고는 모두 기숙사 생활을 한다. 준서도 기숙사 생활을 한다.

기숙사 생활하는 아이 중에 주말이면 집으로 가는 아이들이 별로 없다. 집에 가 봤자 반겨 주는 가족도 없으니까. 집에 가느니 기숙사에서 늦게까지 자고, 마음대로 게임을 하는 게 나았다. 굳이 가서 듣기 싫은 소리, 보기 싫은 모습을 보고 싶지 않았다. 돈 때문에 다투는 각박함과 너저분한 집을 보는 게 지긋지긋한 아이도 있다. 어제 본 것마냥 무덤덤하고 지겨운 시선……. 모든 게 싫은 아이들만 남는다.

선우 선생님이 조회를 끝내고 몸을 돌리려는 순간, 준서가 당당히 들어왔다. 곧장 자리에 털썩 주저앉더니 책상을 큰 소리가 나게 밀어냈다. 선우 선생님의 낮고 조용한 목소리가 들렸다.

"오늘도 지각이야."

"아, 나! 기숙사 문이 안 열려서 늦었다고요. 내가 늦으려고 늦은 게 아니란 말예요."

"기숙사에 너만 사니? 방 같이 쓰는 아이들은 어떻게 나왔니 그럼?"

"제가 알 바가 아니죠. 제가 못 나온 게 문제인 거지."

선우 선생님만 보면 괜한 승부욕이 솟구쳤다. 웃기든지 울리든지, 이도 저도 아니면 화나게라도 해서 무표정을 무너뜨리고 싶었다. 이게 무슨 심보인지……. 다른 선생님들은 '떠들지 마, 좀 앉아 줄래? 제발, 제발 고개 좀 들라고! 거기, 너 입 다물어!' 온갖 말을 퍼붓다가 고개를 절레절레 흔들고 나갔다. 하지만 선우 선생님은 어떠한 제지도 하지 않았다. 기껏해야 교탁을 가운데 손톱으로 '탁탁' 치는 정도다. 그 소리는 작지만 크고 음산하게 들렸다.

준서는 담배 생각이 나, 운동장을 가로지르다 말고 벤치에 앉았다. 바닥에 침을 뱉으려다 멈췄다. 흙에 떨어진 사탕 위로 개미 떼가 줄줄이 기어 오고 있었다. 긴 줄을 이탈하는 개미는 단 한 마리도 없었다. 사탕으로 향해야 할 목표가 있으니까. 준서는 어디로 가야 할지 길을 잃었다. 생뚱맞은 말이 머릿속을 지났다.

'아프니까 청춘이라고? 아프고 뭐? 청춘이 그렇게 지나고 뭐가 남을 건데?'

지각하는 아이나, 난장판인 아이들은 별다를 게 없기는 마찬가지다. 쉬는 시간과 수업 시간의 경계가 따로 없었다. 개념 없는 아이들은 제 마음대로 돌아다녔다. 준서가 들어갔을 때 '결석이다'라는 말이 나와야 한다. 그러나 선우 선생님은 수업을 계속할 뿐 못 본 체했다. 준서는 시선을 고정하고 선우 선생님을 째려봤다. 예측은 빗나갔다. 팽팽했던 눈초리는 제풀에 느슨해졌다.

"어휴, 재수 더럽게 없네. 잠이나 자자!"

혼자만의 실랑이를 하다 시간은 갔다.

"자, 오늘 수업은 이제 그만."

아이들은 교실 문을 나서는 선우 선생님을 본척만척했다.

월요일 아침이다. 준서는 상처투성이가 된 얼굴로 교실에 들어왔다. 반 아이들은 거들떠보지 않았다. 준서는 책상 위에 가방을 내던지며 말했다.

"아후, 쓸어 버렸어야 했는데. 또 만나면 작살을 내야지. 아, 피곤해."

준서 옆에 있던 선동이 대꾸했다.

"아, 새끼! 누구한테 존나 맞고 어디서 구라를 까?"

"님이 그때 계셨어요? 씨발! 어따 대고 구라래? 확 밟아 버릴까 보다. 나대지 마라. 네 말 듣고 싶은 거 아니니까 걍 찌그러져 있어."

"밟아 봐, 새꺄! 어디서 터지고 와서, 나한테 지랄이야? 동대문에서 뺨 맞고, 광화문에 와서 지랄한다는 게 딱 너 같은 놈 두고 한 말이다."

진구가 선동이 뒤통수를 치며 말했다.

"졸라리 무식한 새끼, 서대문, 새꺄! 서대문. 광화문 아니고."

"낄끼빠빠할 줄 좀 알아라, 시바야!"

선동이는 실실 웃으며 진구의 한쪽 발목 뒤를 쳤다. 무방비로 있던 진구가 엉덩방아를 찧으며 넘어갔다. 반 아이들은 이 광경을 보고는 '까르르' 숨이 넘어가도록 웃었다.

"븅신들! 우헤헤헤! 몸 개그냐? 하나도 안 웃겨."

선동이 아이들 말에 진구를 보며 말했다.

"쪼갤 거 다 쪼개고, 뭐래? 그지, 진구야?"

진구가 선동이의 뒷덜미를 잡아 올렸다.

"엉기지 마, 새꺄! 나 쪽팔리게 하고 좋냐? 주둥이 닫아라. 뒤진다 진짜."

사실 며칠 전 집에 갔다가 중학교 동창들과 마주쳤다. 모두 시내 고등학교에 다니는 아이들이다. 준서는 굳이 아는 척하고 싶지 않았다. 보자마자 정곡을 들쑤셨다.

"야, 저 새끼……, 겨땀 충만, 아니 겨땀 폭발 아냐? 히히히! 어째 시골에서 더 충만하냐? 햇볕도 세지? 와꾸가 쩌네. 야, 저 새끼 빵돌이지? 넌 참 이름 많아서 헛갈리겠다. 저 쐐끼 이름이 뭐

였더라? 기억이 안 난다. 그치?"

"그러게, 뭐였더라?"

준서는 눈앞에 있는 놈에게 주먹을 날리며 말했다.

"유준서다. 새끼야!"

맞은 놈이 코피가 흐르자, 동시에 떼로 몰려 준서에게 달려들었다. 무참하게 얻어터졌다. 주먹 세례를 받으면서 서러움은 폭발했다. 아는 척해 달라고 애걸한 것도 아닌데, 왜 이리 떠밀리는 기분인지……. 오지 말아야 할 곳에 온 게 큰 죄 같았다. 준서는 그동안 차곡차곡 쌓였던 울분이 치밀어 올랐다. 주변에 버린 의자를 들어 휘둘렀다. 하지만 터지고, 또 터졌다. 너무 비참했다. 왜 맞아야 하는지도 몰랐다. 준서에게는 편이 없었다. 그냥 오고 싶었다. 집이니까……. 준서는 그 길로 다시 기숙사를 향해 방향을 돌렸다. 아빠에게서 전화가 왔다.

"왜 아직도 안 와?"

"응…… 가려다 피곤해서 안 가기로 했어."

"에고, 그럼 진즉 얘기하지 않고. 알았어."

아빠는 무뚝뚝하게 끊었다. 아빠는 고모에게 떠넘긴 듯 준서에게서 점점 멀어져 갔다. 준서는 기숙사로 가는 버스를 탔다. 비릿

한 피 냄새가 입안으로 스며들었다. 눈물이 흘렀다.

학교에 왔을 때 누가 뭐란 것도 아닌데, 퉁퉁 부은 얼굴을 감추려 떠버렸다. 돌아오는 건 비웃음뿐이었다. 등교해서부터 엎드려 자도 깨우는 사람 하나 없는 곳. 누군가 잡아주지 않았다.

준서의 맘을 아는 사람은 없다. 고모는 단지 고모 마음이다. 준서와 상관없었다. 준서는 공부하기 싫어 안 하는 게 아니었다. 생각 없이 놀리는 그 한마디 '겨땀'에 준서의 발목은 묶여 버렸다. 옴짝달싹 할 수 없어 여기까지 왔다. 누구에게도 말할 수 없이 죄어 왔다. 겨땀 까짓거 뭐? 시답지 않을 걸 가지고 아직까지 그러냐고 해도 할 수 없다. 억눌린 마음을 토해 내고 싶었다. 아니 모두 놔 버리고 싶었다.

선우정과 준서 그리고 유진

복도에서 선우 선생님과 준서가 마주쳤다. 준서는 고개를 어정쩡하게 숙이고 지나쳤다. 선우 선생님은 발걸음을 멈춰 말했다.

"유준서!"

준서는 멈칫한 채, 바로 뒤돌지 못했다. 그 틈새를 놓치지 않고 선우 선생님이 말했다.

"네 글 잘 읽었다."

준서는 천천히 뒤를 돌았다. '내가 무슨 글을 썼다는 건가요?' 하는 표정으로 멍하니 서 있었다. 선우 선생님은 알 수 없는 말을 던지고는 무심히 뒤돌아 걸어갔다. 준서는 샤프심을 똑똑 부러뜨리는 것 말고는 없었다. 근데 잘 읽었다니, 뭘? 글이라니……? 준서는 기분이 묘했다. '내 글', '나'를 콕 집어 한 말은 처음이었다. 준서는 멀어져 가는 선우 선생님에게 긍정도 부정도 할 수 없었다. 혹시 낚이는 것은 아닌지 의심도 됐다.

점심시간이었다. 준서는 도서실 문을 소리 나게 열었다. 그리고 출입문 틀 한가운데 우뚝 섰다. 그 소리에도 선우 선생님은 고개도 돌리지 않았다. 준서는 저벅저벅 걸어가 소파에 벌러덩 누웠다. 잠시 후 스르르 일어났다. 원탁 위에 있는 바구니의 과자를 연거푸 까먹었다. 한숨을 길게 내쉬고, 기지개를 켠 뒤 도서실 문을 나섰다.

선우 선생님은 그제야 이마에 주름지게 고개를 들지 않고 준서의 뒷모습을 바라봤다. 준서는 알지 못했다. 그 후로도 준서는 아무 일 없이 찾아와, 과자만 먹고 갔다. 오늘도 일어나 나가려다 갑자기 준서가 뒤돌아 툭 하니 말을 던졌다.

"왜 아무 말도 안 해요? 사람을 유령 취급하는 거예요?"

'너 거기 있었어?' 하는 표정이다.

"내게 온 이유를 말하지 않았잖니?"

소나기로 퍼붓듯 말하고 나가 버렸다.

"아녜요, 됐어요. 이만 사라질게요."

그 후로 준서는 오지 않았다. 선우 선생님은 준서와 마주쳐도 별말 하지 않았다. 쓰지도 않은 글을 봤다는 억지도 없었다. 그저 무심했다. 준서는 괜히 굼실거렸다. 선우 선생님이 교실로 들어오자, 기다렸다는 듯 말했다.

"이제 드디어 비자가 나왔네. 갈 일만 남았으니까 슬슬 준비해야겠다."

준서가 아무리 떠들어 대도, 대꾸하는 사람은 하나도 없었다. 준서는 억지로 길게 하품을 했다. 그나마 준서를 빤히 바라보는 건 선우 선생님이었다. 아무 대꾸도 없는데, 준서가 발끈했다.

"왜 내 말 안 믿어요?"

"내가 너를? 아니, 뭘 안 믿는다는 거니?"

“아, 아, 됐어요.”

믿을 게 뭐냐고? 할 말이 없었다. 준서는 코너에 몰린 쥐가 따로 없었다.

“학생에게 눈곱만치도 관심 없는 사람이 무슨 담임이라고…….”

준서는 얼굴이 시뻘게져 교실을 뛰쳐나갔다. 엎드려 자던 애들이 히죽대고, “왜 저래? 븅신!” 하고 비웃었다.

어디까지 달아나야 할지 그냥 뛰어갔다. 분리수거장 모퉁이에 쭈그리고 앉아 숨을 헐떡였다. 준서의 얼굴은 점점 붉어져 타 버릴 것 같았다. 땀은 비 오듯 쏟아졌다. 준서는 처음으로 자신에게 물었다.

‘넌 무엇 때문에 사니? 놀려고? 실컷 놀지도 못하잖아? 유학 간다는 얘기는 왜 했어? 비자까지 나왔다고 했으니 이제 뭐라 할 거야?’

준서 속에 여러 개 마음이 엉켜 아우성쳤다. 자신의 물음에 발끈해 부정으로 맞섰다.

‘할 줄 아는 게 없는데 어떡해! 손 내밀어 주는 사람 하나 없고.’

준서의 숨소리는 점점 거칠어졌다.

'스스로 찾을 생각은 해 봤고? 모르면 누군가에게 도움 청할 용기도 없니?'

하늘을 보다 '누군가에게 도움 청할 용기?'를 되뇌었다.

한편 들뜬 제빵 선생님이 유진이를 도서실로 불렀다. 유진이는 어리둥절해 왔다.

"부르셨어요?"

"불렀으니 온 거 아니니?"

제빵 선생님이 장난스러운 건 처음이다. 그것도 큰 소리로.

"여기로 앉아 봐."

"네……네!"

유진이가 앉자마자 제빵 선생님은 두툼한 서류 봉투를 내밀었다.

"이게 뭔 줄 아니?"

유진이는 고개를 살래살래 흔들었다.

"그게 뭔데요, 쌤!"

"세계 제빵 올림피아드대회 출전 초청장이란다. 네가 우리 학교에서 선발됐어. 놀랍지 않니?"

유진이는 대뜸 화를 냈다.

"왜 그래요? 쌤! 제가 뭘 잘못했어요? 왜 저를 놀리세요?"

제빵 선생님은 계속 웃었다.

"놀리는 게 아니고 굉장하지 않니? 그것도 스위스라니!"

믿을 수가 없었다. 초청장에 '소평제일고등학교 1학년 유진 킴'이라고 굵게 찍힌 게 믿기지 않았다. 눈을 비비고 확인했다.

"저는 스위스에 갈 수 없어요. 쌤!"

당황한 제빵 선생님이 소리쳤다.

"왜 갈 수 없다는 거니?"

"전 여권도 없고, 여권이 있다 해도 스위스에 갈 비행기값도, 음……그거 가방, 캐……캐리어도 없는걸요. 쌤이 헛수고하신 거예요."

제빵 선생님이 포복절도하듯 웃었다.

"에고, 이놈아! 전액 지원 초청이야. 너는 입상할 생각만 하면 돼."

순간 스트라이킹 팝핑 캔디를 입에 넣은 것같이 유진의 가슴 속이 '뽕뽕'거렸다.

"이제야 믿겠어?"

"제가 스위스를 간다고요? 정말이에요, 쌤?"

유진이는 붕 뜬 기분을 처음으로 느꼈다. 아니 로켓처럼 뛰어오르는 것 같았다. 유진이가 갑자기 제빵 선생님을 끌어안았다.

"쌤! 최선을 다할게요."

"무슨, 당연한 결과인걸. 파이팅, 유진아! 참, 캐리어는 내 것 하나 줄게. 가방 없어서 못 가겠니, 설마?"

유진이는 볼이 붉어져 대답했다.

"고맙습니다. 쌤!"

유진이는 볼이라도 꼬집고 싶었다. 적은 흙만 있으면 꽃을 피우는 지붕 위 민들레처럼 유진인 자신감이 생겼다.

요즘 들어 준서가 조용하다. 선우 선생님한테 시비 거는 일도 없다. 수업 시간에 늦지 않았다. 준서는 분리수거장에서 담배를 피우려고 라이터를 당겼다. 불꽃만 튈 뿐 불이 켜지지 않았다.

"라이터까지 날 깔보네. 되는 게 하나도 없어."

라이터를 바닥에 던졌다. 바로 그때 분리수거장 칸막이 패널 너머로 말소리가 들렸다.

"라이터 빌려줄까?"

"에잇!"

준서는 뛰었다. 뒤도 돌아보지 않고, 무조건 달렸다. 그 목소리는 선우 선생님이었다. 준서를 쫓아오지는 않았다. 준서는 괜한 웃음이 나왔다. 준서의 발은 서서히 속도를 줄여 뚜벅뚜벅 걸었다. 방금 전 웃음은 서서히 가셨다.

'너, 왜 웃었어? 안 걸려서 다행이라? 한심하긴…….'

도서실 불투명 유리문 앞에 한 사람이 오락가락했다. 손가락을 입에 무는 것 같았고, 주저하는 모습이 역력해 보였다. 선우 선생님은 조용히 지켜보았다. 잠시 뒤, 노크 소리가 들렸다. 선우 선생님은 그 사람이 준서라는 걸 알고도 태연히 대답했다.

"네."

"쌤, 들어가도 돼요?"

이제껏 제 마음대로였던 준서가 허락을 구했다. 몇 번의 목소리를 가다듬고 대답했다.

"응, 들어와! 누구니?"

"안……녕하세요, 쌤!"

준서는 낯선 모습으로 나왔다. 선우 선생님이 대뜸 말했다.

"그냥 초코파이라고 하지?"

준서가 움찔했다. 실내화로 바닥을 문지르며 말했다.

"쌤, 아니고요. 제빵사가 되고 싶지 않아요."

빠르게 붉어진 준서는 잠시 머뭇거리다가 말했다.

"뉴욕제과에서 일할 수 없다고요. 싫어요, 진짜! 쌤."

선우 선생님은 웃음을 참느라 금방이라도 터질 듯 볼이 부풀었다.

"혹시, 네가 간다는 뉴욕이 그 뉴욕? 그럼 비자 나왔다는 건……."

"쪽팔리니까 거짓말했죠. 네, 네! 거짓말이에요. 됐어요? 어쩌라고요!"

준서는 되레 화를 냈다. 빤히 바라보는 선우 선생님을 보고 마음을 가라앉히려 심호흡을 했다.

"모르겠어요. 뉴욕을 크게 던져 놓고 나니 자꾸 부풀리게 됐어요. 누구 하나 들어 주지 않는 거 될 대로 되라는 거였죠."

"준서야! 그럼 차도?"

준서는 선우 선생님의 말을 알아차리지 못했다.

"네가 타고 다닐 차까지 고모님이 마련하셨다며?"

"아, 아, 그 차요? 운전면허 따면 제가 운전해야 해요."

선우 선생님은 문득 궁금했다.

“차를 니가 운전해?”

“주문 들어온 빵 배달이요. 뉴욕제과 승합차로.”

“준서, 너는 결국 거짓말은 비자 말고는 하지 않았구나? 하하하!”

‘선우 샘이 저리 크게 웃어?’

“애들이 거짓인 줄 알면 개무시할 거예요.”

“그런 걸 애들에게 왜 말해? 관심도 없는데.”

“그놈의 겨땀 때문에 저는 없었어요.”

“겨땀? 겨드랑이에서 땀나는 거 말이니?”

“네, 그 꼬리표가 지금까지 제 발목을 잡고 있어요. 저번에 집에 갔을 때 겨땀으로 놀려서 쌈까지 했거든요.”

선우 선생님은 하나씩 들어맞는 아귀에 고개를 끄덕였다.

“반가워해 주는 건 고사하고, 겨땀에다 학교까지 쓰레기 취급했어요. 이 학교를 좋아하는 건 아니지만 화가 치밀어 주먹이 나갔죠.”

선우 선생님은 진중하게 준서를 불렀다. 바닥을 향했던 준서가 고개를 들었다.

"왜 내게 올 생각을 했니?"

"저번에 분리수거장에서 쌤이었죠? 도망치는데 저를 잡으러 오지 않는 쌤이 묘했어요. 웃음이 나오다 점점 난 이렇게 살다 뭐가 될까 싶었어요. 중학교 때 애들이 비웃는 학교를 내 자신조차 절실해 다니는 게 아니니까요. 고모가 아무리 기다려도 저는 그 길로 갈 수 없을 거고……. 그럼 나는 어떤 방향으로 흘러갈까 막막했어요."

"기특하네."

"네?"

준서는 한심한 자신을 늘어놓았을 뿐인데, 의외의 말에 빤히 선생님을 바라봤다.

"네가 정말 하고 싶은 것이 뭔지 찾기 시작했단 말이야."

준서는 장화 신은 고양이처럼 촉촉한 눈으로 간절하게 바라봤다.

"관심 있는 것은 혹시 있니?"

"무조건 겨땀 흘려도 괜찮은 직업이요."

웃음을 참는 선우 선생님에게 준서는 심각하게 되물었다.

"쌤은 겨땀에 목숨 거는 제가 웃기죠?"

"아, 미안, 미안! 하찮게 여긴 건 아냐. 흠……."

선우 선생님은 웃음기를 거두고는 헛기침을 했다.

"땀이 자랑스러운 직업이면 괜찮을까?"

"네? 땀이 자랑스러운 직업이요?"

"아참, 너 저번에 보니까 달리기를 잘하더라?"

준서는 처음으로 칭찬을 받았다. 스스로도 몰랐던 강점이었다. 잘할 수 있는 한 가지로 가능한 일들이 떠오르기 시작했다.

"준서야, 축하한다. 모자란 곳을 채우는 너를 기다려 주고, 솔직하게 만나렴. 그래야 네가 누군지 알 수 있단다."

준서는 이제껏 안 되는 것, 싫은 것, 부끄러운 것을 덮으려 허황된 말만 늘어놨었다. 학교가 싫어서 무조건 딴지를 걸었다. 이제껏 허풍으로 덮으려 했다. 점점 자신의 모습이 사라지는 것도 모르면서…….

'놀리지 말라고! 내게 말 걸어 주라고! 마음대로 내 앞날을 정하지 말라고!'

가슴속에서 준서의 간절함이 보글거렸다. 고모의 말을 거절할 수 없었던 것은 고모마저 외면할까 봐 두려웠다. 간다는 말도 없이 나가 버린 엄마. 자기 고집만 센 아빠. 누구도 의지할 곳이 없는 준서였다.

누가 뭐라고 하든 중요한 자신을 제일 많이 질책했다. 어쩌면 점점 바닥난 준서의 자존심은 허풍이었다. 이제 생각해 보면 스스로 자기가 누군지 모르고 살았다. 왜 선우 선생님을 찾아왔는지 알 것 같다. 군더더기 없이 말해 줄 사람, 딱 떨어지게 요점만 말해 줄 사람을 찾았던 거다. 참 다행이다 싶다. 사실 선우 선생님 자신 또한 자포자기인 상태에 준서가 찾아온 것이다.

'가까이 가지 말자. 가까이 가면 뒷걸음치고, 물러서면 치고 들어온다. 진짜 모습이 아닌 껍데기가. 아무리 다가가도 볼 수 없는 저 애들은.'

선우 선생님이 대뜸 물었다.

"한 가지 물어보자. 근데 넌 내가 왜 그렇게 싫으니?"

준서는 뜨끔했다. 혼미해진 생각을 추려 대답했다.

"내게 관심 없으니까요. 그런데 쌤이 가장 솔직하게 말해 줄 거라 생각했어요."

선우 선생님이 또 웃었다. 준서가 말했다.

"쌤도 웃을 수 있어요?"

"너희들이 '남자 사람, 여자 사람' 하듯이 나도 여자 사람 쌤이

거든? 상처받는다고."

그 말을 듣는 순간, 주먹을 들어 올렸던 때가 불쑥 떠올랐다. 사과할 용기는 없어 고개를 들지 못했다. 선우 선생님이 준서에게 말했다.

"내 안에 내게 어떤 꿈을 꾸는지, 내가 행복할 때는 언제인지는 물어야 해. 잘못된 길에 들어서면 나올 수 있게 나를 격려해줘. 비뚤어진 자리에서 끌어내는 건 바로 나여야 해. 나를 지키는 건 나야."

비록 앞으로 할 일을 아직 찾지 못했지만, 새로 시작하려 꿈틀하는 준서는 두려웠지만 해내려는 의욕이 생겼다.

'나는 나를 지켜야 하니까.'

사랑은 마음에서 새어 나오는 빛과 같아서
꽁꽁 언 네 마음을 녹여 줄 수 있어.

너의 여름이 되어 줄게

박지숙

“나는 꿈이 있었다.”

학교 등나무 아래 벤치에서 슬기가 딸기 맛 하드를 빨며 아련한 눈빛으로 말했다. 그러곤 고개를 푹 숙인 채 힘없는 목소리로 말했다.

“근데 이젠 포기하려고.”

여름이와 보경이는 가을 햇살에 빠르게 녹아내리는 하드를 게걸스럽게 빨다가 슬기의 말에 급진지한 모드로 돌아섰다. 얼마 전 본 9월 모의고사에서 슬기의 성적이 역대급으로 바닥을 찍었다는 건 다 아는 사실이었기 때문이다. 여름이가 걱정스러운 표정을 지으며 먼저 슬기 옆으로 바짝 붙어 앉았다.

"야, 다음에 잘 보면 되지. 시험은 또 볼 건데 뭐. 그렇다고 네 꿈을 포기하면 안 돼!"

여름이가 슬기의 어깨를 감싸며 위로해 주었다.

"그래, 우리 이제 1학년이야. 앞으로 볼 시험이 얼마나 많은데. 앞으로 잘 보면 되지."

보경이도 빨갛게 된 입가를 닦지도 않은 채 슬기에게 응원의 말을 건넸다.

"야, 무슨 소리야! 여기서 갑자기 성적 얘기가 왜 나와. 내 꿈이 그렇게 사소한 건 줄 아니!"

슬기는 어처구니없다는 표정으로 소리를 꽥 지르며 말을 이었다.

"난 말이다, 고등학교 입학하면 내 인생의 연애 혁명이 일어날 거라고 생각했어. 수련회 가서 눈맞아 사귀고, 축제 때 다른 학교에서 온 남학생이랑 썸 타고, 여름 방학 때는 봉사 활동 가서 훈남이랑 한눈에 반해서 사랑에 빠지고, 그렇게 학교 다니면서 로맨틱한 청춘물을 여러 개 찍을 줄 알았다고. 근데 현실은 눈 뜨면 학교고 학원이고 독서실이다. 그냥 존나 지루한 다큐멘터리만 찍고 있다고. 이게 나라냐!"

슬기가 말을 마치고는 하드를 우작우작 깨물어 먹었다.

"너도 그런 환상이 있었구나. 나도 그랬는데. 근데 연애는 개뿔, 생기부 채우느라 바빠 죽겠다. 오늘 같은 날은 놀이공원 가서 데이트하기 딱 좋은 날씨인데. 허무하다. 입학한 지 엊그제 같은데 벌써 시월이라니!"

보경이도 함께 투덜거렸다.

여름이는 아무 반응 없이 운동장을 가로질러 하교하는 학생들의 뒷모습만 넋 놓고 보고 있었다.

"우리 여름이는 뭐 할 말 없냐? 그쪽으로는 우리한테는 선배격이잖아. 큭큭."

"야, 이슬기! 왜 그래! 우리 여름이 상처가 많은 애라고. 아직도 아픈 상처로 끙끙거리고 있을지도 모른다고. 그치, 여름아? 이제 좀 괜찮아진 거야?"

보경이가 여름이의 머리를 쓰다듬으며 말했다.

"짝사랑이 괜찮아지고 말고 할 게 뭐가 있어. 내가 그만두면 끝나는 건데. 그리고 올봄에 이미 다 끝난 일이야."

여름이가 말간 얼굴에 웃음을 지으며 말했다.

"그러긴 했지. 근데 너 정말 확실히 끝낸 것 맞아? 너 중학교 때부터 매번 고백하고 까이고 포기하고 다시 고백하고 까이고……. 거의 무한 루프였잖아."

보경이가 다급하게 슬기의 입을 틀어막았다.

"이번엔 아니야. 걱정하지 마."

"중학교 때도 넌 늘 그렇게 대답했어. 근데 끝냈다고 하다가 안 끝내고 다시 시작하고, 무한 루프……."

"그만해, 여름이가 끝냈다잖아. 오구구, 잘했어. 드디어 너의 기나긴 짝사랑이 끝났구나. 죽어도 포기 안 할 것 같았는데. 잘했어. 세상에 남자가 뭐 준하 하나냐! 대학 가면 준하보다 백배 나은 애들이 쫙 깔렸을 거야. 그니까 귀엽고 사랑스럽고 소중한 울 여름이는 조금만 더 참자."

보경이가 여름이 등을 쓰다듬으며 위로했다.

"이제 우리의 다음 목적지는 학원인가! 으윽."

슬기가 다 먹은 하드 막대기를 휴지통으로 던지며 말했다.

"에휴, 그다음 목적지는 독서실이지!"

보경이가 벤치에 올려 두었던 프린트물과 책을 주섬주섬 가방에 넣으며 말했다.

"근데 뭐 생각해 보면 모쏠이 축복이기도 해. 고등학교 때 괜히 연애하다가 잘못되면 감정 소비 오지지, 헤어지자고 하면 멘탈 바사삭 나가서 죽네 사네 할 텐데. 그럼 지금 점수보다 더 바닥칠 수도 있잖아. 그래서 고딩 때 연애는 지옥이라고 말하는 사람도 많다, 그러니까 모쏠은 행복이라고 치자! 그냥 사랑은 몹쓸 것이라고 생각하자!"

슬기가 계단을 내려가며 체념한 듯 중얼거렸다.

"진짜 빠른 태세 전환이다. 야, 사랑이 신포도냐? 우리가 못 한다고 그냥 막 갖다 붙이네. 정신 승리 오지다."

"안 그러면 슬프잖아. 우리 처지가. 이렇게라도 합리화해야지 뭐."

보경이와 슬기는 한참 동안 주거니 받거니 하며 모쏠의 슬픔과 기쁨을 얘기했다.

여름이는 두 친구의 말이 귀에 잘 들어오지 않았다. 친구들 앞에서 짝사랑을 그만두었다고 호언장담했지만 여름이는 여전히 준하를 잊지 못했다. 잊었다고 자신에게 세뇌해도 어디에서나 준하의 얼굴이 튀어나왔다.

앞서 걷던 슬기가 교문 앞에서 걸음을 멈췄다.

"여, 여름아! 야, 한여름!"

생각에 잠겨 느릿느릿 친구들 뒤를 따라 걷던 여름이를 향해 슬기가 다급하게 외쳤다. 보경이는 놀란 입을 다물지 못하고 제자리에 멍하니 서 있었다. 여름이는 두 친구 사이에 우뚝 서서 자신을 바라보고 있는 존재를 확인하고 그대로 얼음처럼 굳어버렸다.

준하였다.

준하는 교복 차림이었다. 반듯하게 매진 줄무늬 넥타이와 짙은 남색 재킷이 영국 사립학교 교복처럼 단정해 보였다. 키가 작년보다 더 커 보였다. 180센티미터를 가뿐히 넘길 것 같았다. 살도 빠져서 남자 아이돌 몸매처럼 늘씬했다. 고등학교 입학 후 단 한 번도 준하를 본 적이 없었다. 눈꼬리가 올라가 얼핏 날카롭게 보이는 준하의 눈이 여름이의 눈과 마주치자 순한 눈빛을 띠었다.

여름이를 발견했지만 준하는 하굣길 수많은 여학생의 무리를 뚫지 못하고 엉거주춤 서 있었다. 그때 슬기와 보경이 양몰이 개 보더콜리처럼 미친 듯이 뛰어다니며 주변의 여학생 무리를 교통정리했다. 곧 모세의 기적처럼 길이 열렸다. 그제야 준하는 큰 걸음으로 성큼성큼 여름이에게 직진할 수 있었다. 준하가 한 걸음

씩 가까이 걸어올 때마다 여름이의 심장이 쿵쿵 울렸다. 준하가 노랗게 물든 은행나무 아래를 걸어오는데 여름이 눈에는 벚꽃잎이 준하의 머리 위로 날리는 것 같았다. 여름이의 상상으로 만들어 낸 특수 효과였지만 여름이의 눈에는 정말 그렇게 보였다.

준하는 곧 여름이 앞에 멈춰 섰다.

"여름아, 안녕, 잘 지냈니?"

여름이는 얼빠진 표정으로 준하를 봤다. 자신을 거절하기만 했던 준하가 평일 하굣길에 어떻게 자신 앞에 서 있는지 왜 여기에 있는지 알 수 없었다. 학교 친구들이 뒤돌아보며 속닥거렸다. 슬기와 보경이는 서로 껴안고 꺼이꺼이 우는 시늉을 하며 휴대폰 액정으로 '존버는 승리한다!'를 들어 보였다.

슬기와 보경이는 언제나 김칫국을 먼저 마시는 버릇이 있다. 여름이는 준하가 여기에 온 이유를 짐작할 수 없었다. 중학교 내내 쫓아다녔어도 철벽을 치던 준하였기 때문이다. 섣불리 희망회로를 돌릴 수는 없었다. 하지만 암울한 생각으로 지금 이 순간을 놓치고 싶지도 않았다. 여름이는 자신의 행복이 비눗방울처럼 금방 꺼질지라도 일단 즐기자고 생각했다. 다시 표정을 밝게 하고 준하에게 자연스럽게 보이려고 애를 썼다. 하지만 여름이는 어색한 미소에 뻣뻣해진 팔을 좌우로 흔들며 누가 봐도 로봇 같은 모습으로 손을 흔들고 있었다.

"안녕!"

여름이의 인사에 준하가 풋 하고 웃음 지었다. 준하가 웃으면 준하의 주변까지 환해 보였다. 준하의 그런 얼굴을 바라보며 여름이는 또다시 준하를 사랑하게 될 것 같다는 예감이 들었다.

여름이는 여전히 준하에게 빠져들던 순간을 기억한다.

봄날이었고 열린 창문으로 따뜻한 봄바람이 불어와 커튼이 살랑살랑 흔들리고 있었다. 책상에 엎드려 멍한 눈으로 아무 생각 없이 창가를 바라보다 준하를 봤다. 점심을 먹고 난 후라 교실은 어수선했고 운동장에서는 축구 경기를 하는 남자아이들의 악다구니 쓰는 목소리가 시도 때도 없이 들렸을 때였는데 그 소란한 와중에도 준하는 무서운 집중력으로 수학 문제를 풀고 있었다. 준하의 머리카락이 햇살에 반짝였고 샤프를 잡은 준하의 손은 유달리 하얗게 보였다. 준하의 샤프펜슬이 움직일 때마다 사각사각 소리와 함께 종이 위에 각종 기호와 숫자들이 써졌다. 그러다 어느 순간 준하가 미간을 찌푸렸다. 문제가 안 풀리는지 왼 손으로 머리를 쓸어올리며 "후." 하고 한숨을 내쉬었다. 조명처럼 햇살이 준하의 옆선을 아름답게 비췄고 여름이는 비몽사몽간에도 '아, 미모가 미쳤다.'고 생각했다. 그때 준하가 여름이를 돌아봤다. 여름이의 멍한 눈과 준하의 놀란 눈이 마주쳤다.

준하가 집게손가락으로 자기 가슴을 가리킨 채 "나?"라고 물었다.

여름이는 나른하게 "왜?"라고 물었다.

"미쳤다고? 내가?"

여름이는 자신이 생각만 한 것이 아니라 말을 했다는 것에 스스로 놀라 화들짝 정신이 돌아왔다. 여름이는 두 손을 흔들며 네게 한 말이 아니라고, 혼잣말이었다고 말하고 반대로 고개를 돌려 다시 자는 척했다. 하지만 얼굴이 빨갛게 타올라서 잠들 수 없었다.

그 하루가 여름이의 인생을 바꿔 놓았다. 그 이후, 여름이는 아이돌 덕질하듯 준하를 은밀하게 쫓아다녔다. 다니던 학원을 하나씩 정리하고 준하가 다니는 학원으로 옮겼다. 물론 레벨이 달라 같은 반은 되지 못했지만 언제나 준하 주변을 맴돌려고 노력했다. 학원에 갈 때마다 준하가 속한 반의 강의실을 서성거리다

우연을 가장해 준하 얼굴을 한 번 더 보고 오기도 했다. 운 좋게 학원 복도에서 두세 번씩 만날 때는 그날 있었던 나쁜 일들을 모두 보상받은 듯 행복했다.

처음엔 우연을 가장한 필연을 만드느라 애를 썼지만 준하는 어떤 반응도 보이지 않았다. 그 이후 후회 없이 자신의 마음을 표현하기 위해 적극적인 애정 공세를 펼쳤다. 여름이는 화이트데이와 밸런타인데이 그리고 빼빼로데이는 물론이고 짜장데이, 삼겹살데이 같은 날에도 말도 안 되는 이유를 갖다 붙여 준하에게 편지를 쓰고 카톡을 날리고 선물을 갖다 바쳤다. 하지만 준하는 여름이가 고백할 때마다 지금은 공부가 중요하고 여자 친구를 사귈 처지가 못 된다는 말로 여름이의 마음을 완곡하게 거절했다. 마지막 말은 언제나 같았는데 '너도 열심히 공부하길 바라.'였다. 과거 급제하려는 선비도 아니면서 어린 나이에 공부를 이유로 매번 거절하는 준하를 여름이는 이해할 수 없었다. "내가 싫으면 그냥 모질게 싫다고 얘기해 줘. 그럼 포기할게."라고 말했지만 준하는 절대 네가 싫어서 그런 건 아니라는 말을 했다. 준하의 이런 모호한 태도가 여름이를 더 힘들게 했다. 여지를 주는 것 같았기 때문이다. 그 작은 희망에 여름이는 끊임없이 자신의 마음을 보여 주었다. 그러나 결국 여름이에게 돌아온 것은 거절의 메시지였다. 어떤 날은 반듯하게 쓴 편지로, 어떤 날은 애늙은이 같은 표현이 가득한 문자로 왔다. 여름이는 거절의 말을 듣고 오는 날에는 언제나 울면서 집으로 돌아왔다. 같은 중학교에 다니고 있던 언니는 창피해서 학교를 다닐 수가 없다고 소리를 질렀고 엄마는 깊은 한숨을 내쉬었다. 아빠는 여름이에게 치킨 다리 하나를 쥐여 주며 위로를 대신했다.

중학교 졸업식 날 준하는 최고의 스타였다. 여름이가 개근상 하나 받았을 때, 준하는 학교에서 주는 상이랑 상은 죄다 받고 두둑한 외부 장학금도 받았다. 여름이는 준하에게 마지막 인사라도 하려고 했지만 준하는 할머니를 비롯한 일가친척에 둘러싸여 있어서 다가갈 수 없었다. 용기를 내어 저녁에 준하의 집 앞으로 찾아갔다. 어차피 준하가 다닐 유명 자사고는 동네에서 제법 거리가 있는 곳에 있어 앞으로 볼 날도 많지 않을 거라 생각했기 때문이다. 그래서 마지막으로 얼굴 한 번 더 보겠다는 마음으로 갔다. 준하가 나왔고 여름이는 네가 멀리 가서 속상하고 가끔은 너도 날 기억해 주면 좋겠다고 말했다. 준하는 몇 분간 아무 말도 하지 않다가 "응, 그럴게."라며 고개를 끄덕였다. 여름이는 그때 준하가 착하다는 생각이 들었다. 착해서 마지막까지 매정하게 거절하지 못하고 있다고 생각했다. 준하는 여름이와 눈도 못 맞췄고 고개를 숙이며 힘들어했다. 여름이는 그때야 자신이 포기해야 할 때가 되었음을 깨달았다. 준하의 쩔쩔매는 모습를 보며 자신이 너무 오랫동안 준하를 괴롭히고 있는 건 아닐까란 생각이 처음으로 들었기 때문이다.

준하는 힘없이 돌아서는 여름이를 쫓아와 괜찮다는 데도 동네 카페에서 핫초코 한잔을 사 여름이 손에 쥐여 줬다. 그리고 처음으로 여름이의 집까지 바래다주었다. 여름이는 핫초코의 온기를 준하의 따뜻한 마음으로 느끼며 일부러 천천히 걸었다. 준하도 여름이의 보폭에 맞춰 느리게 걸었다. 여름이는 그것이 준하가 자신에게 주는 마지막 배려라는 걸 깨닫고 다시는 준하에게 고백하지 않겠다고 마음먹었다. 하지만 준하가 준 마지막 선물은 버리고 싶지 않아서 핫초코가 담겼던 종이컵을 깨끗하게 씻어 방 창가에 두었다. 여름이에게 그 컵은 첫사랑의 기념품이나 다름없었기 때문이다. 고등학교 입학 후 몇 개월이 지나 누렇게 변색할 때까지도 버리지 않았다. 하지만 컵을 볼 때마다 준하가 떠올랐고 짝사랑의 순간들이 기억나서 괴로웠다. 입학 후 수행평

가나 각종 시험을 준비하기 위해선 과감한 결단이 필요했다. 여름이는 드디어 짝사랑을 끝내기 위해 엄마가 쓰레기 버리러 나갈 때 따라나섰다. 그때가 오월의 봄이었다.

"잘 가라, 나의 첫사랑아!"

여름이는 곰돌이가 그려진 수면 바지를 입고 아파트 재활용 종이 수거함 앞에서 손을 덜덜 떨며 애지중지한 종이컵을 겨우 버렸다. 그러다 또 눈물을 흘렸다. 엄마에게 위로받으려 옆을 봤는데 엄마가 없었다. 엄마는 경보 선수보다 더 빠른 걸음으로 아파트 공동 현관문으로 날쌔게 사라지고 있었다.

준하와 여름이는 준하가 핫초코를 사 주었던 작은 동네 카페에 들어갔다.

"거의 1년 만이네. 오랜만이다."

여름이는 준하를 쳐다보지도 못하고 찻잔을 만지작거리며 말했다.

"아니 정확히 8개월하고 3주 만이야."

준하의 말에 여름이는 먹던 음료수를 내려놓았다. 준하는 준하인데 여름이가 알던 준하가 아닌 것 같았다.

"그리고 오늘은 10월 4일이고."

"10월 4일?"

"기억 안 나?"

여름이는 생생하게 기억했지만, 너무 창피해서 잘 기억나지 않는다며 음료수를 벌컥벌컥 마셨다.

"정말 기억 안 나는 거야? 중학교 1학년 때, 그날 네가 나한테 처음으로 고백했잖아."

"아, 그랬어? 맞다. 지금 기억나. 내가 그, 그랬지."

여름이는 쑥스러워하며 말했다.

"그날 네가 나한테 오늘은 천사데이라고 했어. 이날 고백하면 천사가 사랑을 이뤄 준다고 하면서."

준하 말에 여름이는 마시던 음료에 사레들어 기침을 해댔다. 고백할 수 있는 날을 억지로 만들기 위해 자신이 얼토당토않게 만든 날이었기 때문이다. 얼굴이 발갛게 달아올랐다. 너무 유치하고 막무가내로 달려들었던 자신의 과거 모습이 떠올라 어디라도 숨고 싶었다.

"그래서 오늘 온 거야. 오늘이 10월 4일이라서."

준하는 한참이나 망설이다가 얼굴을 들어 여름이의 얼굴을 제대로 바라봤다.

"이제 내가 너에게 고백할 차례인 것 같아. 여름아, 너 아직도 나 좋아해?"

준하가 웃음기 없는 얼굴로 여름이를 보며 진지하게 물었다. 얼굴에 초조함도 묻어났다. 뭔가 역할이 변한 것 같은 상황이었다. 예상치도 못한 느닷없는 준하의 물음에 여름이의 눈이 커다랗게 변했다. '왜지? 뭣 때문에? 뭘 잘못 먹은 거야?' 마음속에서 의문이 마구마구 솟구쳤다. 꿈속에서조차 준하의 고백을 받은 적이 없었기 때문이다.

감격한 여름이는 고개를 힘차게 끄덕였다. 그것도 여러 번. 그런 여름이를 보고 준하가 안도하며 싱긋 웃었다.

"다행이다. 아직도 유효해서. 오는 내내 불안해 죽을 뻔했거든. 천사가 정말 도와준 것 같아."

준하가 귀까지 빨개져서는 얼굴을 푹 숙인 채 말했다. 순간 준하의 휴대폰 진동음이 울렸다. 준하는 확인도 하지 않고 휴대폰을 무음으로 하고 뒤집어 놓았다.

그 후 여름이에게 마법 같은 시간이 이어졌다. 준하는 여름이에게 널 볼 수 없어서 허전했다고, 많이 보고 싶었다고 했다. 근데 왜 이제야 찾아왔냐는 여름이의 물음에 준하는 아무 말도 하지 못했다. 고개를 푹 숙이기만 했다. 여름이는 더 캐묻지 않았다. 아마도 공부 때문일 거라는 생각이 들었기 때문이다. 여름이는 준하의 속사정이 궁금하지 않았다. 제 발로 여름이를 찾아왔다는 사실이 중요했다. 준하는 주말마다 만나자고 제안했다. 여름이는 준하의 데이트 신청에 달려 나가 만세라도 외칠 기세였지만, 꾹꾹 참고 얌전하게 고개를 살짝 끄덕였다.

여름이는 집으로 돌아오자마자 사랑의 기쁨을 노래한 수많은 가요와 팝송을 틀었다. 마음이 온통 달달해져서 머릿속도 다 핑크빛으로 물들 것만 같았다. 드디어, 마침내, 여름이의 사랑이 이뤄진 날이기 때문이다. 그토록 바랬던 날이 오늘 이루어졌다는 것이 믿기지 않았다.

그날 밤부터 준하는 귀여운 이모티콘과 함께 '잘 자.'라는 말을 카톡으로 보냈다. 주말에 만나서 데이트를 하기 전까지 둘의 카톡창은 귀엽고 사랑스러운 이모티콘들로 가득했다.

주말 데이트 전, 여름이는 첫 데이트룩을 잘 갖춰 입기 위해 인터넷을 뒤졌다. 그리고 허리가 날씬하게 보이는 꾸민 듯 안 꾸민 듯한 원피스를 준비했다. 다음으로 준하와 뭘 하며 하루를 잘 보낼지 머리를 싸매고 고민했다.

"날이 좋으면 놀이공원이 최고지만 우리 동네에서 너무 멀어서 패스. 먼저 영화를 보는 거야, 액션보다는 멜로가 분위기 띄우기 좋지. 그리고 밥 먹고 예쁜 카페 가서 차 마시는 거야. 내가 시내 분위기 좋은 카페 다 알고 있잖아. 카페 리스트 다 보내 줄게. 그리고 조금 어두워지면 코노 가서 서로 고백송 같은 사랑 노래를 부르는 거지. 그러다 막 눈이 맞고, 입도 맞고, 몸도 막 쓰다듬고 으으……. 근데 왜 내 몸이 간지럽냐, 아, 나도 데이트하고 싶다, 진짜!"

보경이가 말하다가 갑자기 부러워 죽겠다는 듯이 소리쳤다.

"뭘 그런 걸 가지고. 그 정도 코스는 상식 아니냐. 난 다 해 봤다."

체육복을 입은 슬기가 의자에 다리를 꼬고 앉으며 심드렁하니 말했다. 보경이와 여름이가 놀란 눈으로 슬기를 보며 이구동성으로 물었다.

"슬기, 네가? 어떻게?"

"남자 없이!"

슬기의 말에 보경이가 슬픈 표정으로 슬기에게 다가가 껴안았다.

“친구야, 데이트할 때 필수품이 남자 친구라는 걸 아무도 말해 주지 않았구나. 내가 다 미안하다.”

데이트 첫날, 여름이는 인터넷으로 주문한 짧고 귀여운 블랙 원피스를 꺼내 입었다. 거울 앞에서 화장은 잘 받았는지 입술 색은 지워지지 않고 잘 있는지 몇 번이나 확인했다. 그러다 하마터면 늦을 뻔했다. 준하가 약속 장소에 먼저 나와 있었다. 여름이를 발견한 준하가 미소 지으며 걸어왔다. 싱그러운 우디향이 준하보다 먼저 도착했다. 그 향을 맡으면 조건 반사적으로 준하가 생각났다. 중학교 때부터 준하에게서 맡아졌던 향이었기 때문이다.

여름이는 준하에게 뭘 하고 싶냐고 물었다. 준하는 골똘히 생각하다가 네가 원하는 것이라고 답했다. 여름이가 빙긋 웃었다. 시내를 돌며 함께 떡볶이를 먹고 카페에서 수다를 떨었다. 준하는 여름이가 시키는 메뉴를 먹고 여름이가 짠 데이트 코스대로 따랐다. 마지막으로 코인 노래방에 들어갔다. 준하는 여름이에게 ‘오늘도 빛나는 너에게’를 불러 줬다. 고음이 많은 힘든 노래였다. 하지만 준하는 미간을 잔뜩 찌푸리고 목에 핏줄이 터질 듯이

'내가 더 좋은 사람이 되고 싶어. 더 아름답게 널 안을 수 있게'를 소리쳐 불러 댔다. 노랫말이 모두 여름이를 향해 고백하는 말로 들렸다. 가슴이 터질 것만 같았다. 여름이는 감동해서 작은 손으로 준하의 손을 잡았다. 준하는 여름이의 작은 손이 아기 손 같다고 귀엽다고 좋아했다. 여름이는 손가락이 길고 커다란 준하의 손이 믿음직하고 든든했다. 둘은 바짝 붙어 앉아 노래방 책을 넘기고 아무것도 아닌 일에도 크게 웃었다.

집으로 돌아갈 때도 준하는 버스 맨 뒷자리에 앉아 여름이의 손을 꼭 잡고 놓지 않았다. 버스가 거칠게 속도 방지턱을 넘을 때 준하는 느닷없이 여름이를 보며 속삭였다

"좋아해. 나 너 우주만큼 좋아해."

여름이는 준하의 말을 듣자마자 '풋' 하고 웃었다. 중학교 때 준하에게 고백할 때 여름이가 쓴 말 중 하나였기 때문이다. 자신이 일방적으로 준하에게 했던 말을 이제 준하에게 들을 수 있어 여름이는 신기했고 또 행복했다.

버스에서 내려 준하는 여름이가 사는 아파트까지 데려다주었다. 준하는 아파트로 가는 지름길이 어둡다고 큰길로 다니라고 걱정스럽게 말했다. 여름이는 준하의 말이 따뜻해서 좋았다. 아

파트 입구에 도착했지만 여름이는 헤어지는 게 너무 아쉬웠다. 때마침 가는 비가 내렸고 여름이는 비 핑계를 대며 준하에게 잠시 비를 피하자고 했다. 아파트 지하에 있는 헬스장 쪽으로 갔다. 헬스장에서는 아직 몇몇 아저씨들이 운동하고 있었다. 둘은 바로 옆 방에 있는 탁구장으로 들어갔다. 깜깜해서 불을 켰다. 이 시간에는 경비 아저씨들이 문을 잠그는데 불만 끄고 문 잠그는 것을 깜빡한 것 같았다. 탁구공도 있고 탁구 라켓도 있어 둘은 장난스럽게 탁구를 했다. 그러다 준하가 내기를 하자고 했다. 소원 들어주기를 걸고. 여름이도 기세 좋게 좋다고 했다. 여름이는 중학교 때 동네 탁구장에서 선수 출신 원장님한테 탁구를 배운 적이 있었다. 당연히 탁구 게임에서 여름이가 이겼다.

여름이가 준하 앞에 섰다. 그리고 눈을 감고 두 손을 모아 기도하는 자세를 취했다.

"네 소원이 뭔데?"

"쉿, 지금 빌고 있어!"

여름이는 눈을 감고 마음속으로 소원을 빌었다.

"아니, 나한테 원하는 걸 얘기해야 내가 소원을 들어주지."

준하가 황당한 표정으로 여름이를 봤다.

"말하기 부끄러운 소원이라서 그래."

여름이는 탁구대 위에 앉아 고개를 숙인 채 두 다리를 달랑거렸다. 준하가 여름이에게 바짝 다가섰다. 여름이의 심장이 쿵쾅거렸다.

"내가 소원 다 들어줄게. 얘기 좀 해 줘."

준하가 여름이의 머리를 살짝 어루만지며 부탁했다. 여름이는 얼굴이 빨갛게 되어서 준하의 귀에다 속삭였다.

"내 앞에 있는 사람이 나를 아주 많이 사랑하게 해 달라고 빌었어."

준하는 여름이의 두 손이 자신의 목을 감싸게 했다. 둘은 그곳에서 첫 키스를 했다.

그 이후 준하는 여름이를 만날 때마다 좋아한다고 고백했다. 여름이는 자신이 중학교 때 내내 했던 고백의 말을 이제 그 이상으로 받아서 꿈을 이뤘다고 생각했다. 여름이는 준하와 팔짱을 끼고 준하의 어깨에 머리를 기댔다. 준하도 수시로 여름이를 커다란 두 팔로 안았다. 여름이를 안고 여름이의 머리카락에 얼굴을 파묻으며 준하는 소곤거렸다. 이렇게 있으면 이 세상의 걱정 근심이 다 사라질 것만 같다고. 언제나 이런 기분이면 좋겠다고.

여름이는 주말 데이트 때마다 새로운 것들을 시도했다. 준하는 언제나 여름이의 선택을 따랐다. 함께 옷 쇼핑을 하고 여름이가 예쁜 머리핀을 고르면 준하가 여름이 머리에 서툰 솜씨지만 정성껏 핀을 꽂아 주었다. '인생 네 컷' 사진도 찍었다. 여름이가 준하의 볼에 뽀뽀하는 사진도 찍고 준하가 여름이를 업고 환하게 웃는 사진도 찍었다. 사진을 보고 있노라면 그날의 분위기, 설레던 순간이 되살아나서 좋았다. 떨어져 지내는 동안 둘이 찍은 사진을 보고 있으면 다시 행복해질 수 있을 것 같았다. 찍은 사진을 각자의 가방 속에 넣었다.

여름이는 집에 돌아와 인스타에 둘이 찍은 사진 중 베스트 컷 하나를 올렸다. 준하가 활짝 웃을 때 옆에서 찍은 사진이었다. 준하의 옆 얼굴선이 무척이나 아름다웠다. 처음 반했던 그날의 얼굴처럼.

준하와 연락이 끊겼다.

어떤 이별의 징후도 없었는데 갑자기 카톡을 보내지도 보지도 않고 있었다. 전화를 걸어도 받지 않았다.

여름이는 혼자서 별별 생각을 다 했다. 모두 부정적인 생각들이었다. 그 생각들은 두 문장으로 축약되었다. 준하가 아프다, 준하에게 사고가 났다. 두 문장이 합쳐지면서 여름이의 머릿속은 더 어지러워졌다. 요란한 앰뷸런스 소리와 의료진이 달려가는 응급실 풍경, 자동차의 급브레이크 소리와 형체를 알 수 없을 정도로 구겨진 자동차와 도로에 흩뿌려진 피를 떠올렸다. 사흘 동안 연락이 되지 않았고 여름이는 그 주 내내 호러 영화를 머릿속에서 몇 편이나 만들었다. 나쁜 상상은 악몽으로도 이어졌다. 여름이는 제대로 잠도 자지 못했다.

여름이는 더 기다리지 못하고 학교가 끝나자마자 준하를 찾으러 뛰쳐나갔다. 동네 스터디 카페와 독서실을 찾아다녔다. 하지만 준하는 그곳에 없었다. 여름이는 휴대폰에 저장된 이름 리스트를 보며 준하를 잘 알 만한 아이를 찾으려고 애썼다. '준하 옆에 누가 있었지?' 여름이는 준하와 같이 다니던 남학생들을 떠올리고 싶었지만 명확하게 떠올려지는 얼굴이 없었다.

준하는 한겨울에도 머리에 김이 모락모락 날 정도로 운동장을 뛰어다니며 축구 하는 남자아이들과는 거리가 멀었다. 준하는 무리 지어 돌아다니는 평범한 남자아이들과 달리 늘 혼자 공부만 했다. 준하는 친구보다는 선생님들과 더 잘 어울렸다. 그러고 보면 학원을 같이 다닌 친구들은 있었지만, 절친이라고 할 만한 남자아이도 없었다. 준하는 쉬는 시간에도 영어 단어를 외웠고 점심을 먹은 후에도 학원에서 내준 두꺼운 수학 프린트물을 풀었다. 학교가 끝나면 티끌 하나 묻지 않은 검은색 승용차를 타고 학교를 빠져나갔다.

집에 도착해서도 여름이는 준하를 걱정했다. 그때 문자 한 통이 왔다. 준하가 보낸 문자였다. 여태 카톡이나 디엠으로 연락했었기에 문자로 온 메시지가 낯설었다.

'연락 못 해서 미안해. 기말고사 때문에 짬을 낼 수 없었어. 공부 스케줄이 너무 빡빡해서 앞으로 널 다시 만나긴 힘들 것 같아. 미안. 우리 좋은 대학 가서 그때 다시 만나자.'

낯익은 메시지였다. 중학교 때 받아 보았던 거절의 메시지와 너무나 유사했기 때문이다. 여름이는 손에서 휴대폰을 떨어뜨렸다.

"완전 쓰레기네."

보경이가 여름이의 말을 듣고 화를 냈다. 슬기는 '개빡친다'는 말과 '미친'이란 말을 수없이 하며 보경이보다 더 화를 냈다. 그

옆에서 여름이는 아무 말도 하지 못했다.

그날 저녁 슬기는 준하가 다니는 소수 정예 수학 학원 정보를 알려 주었다. 슬기가 자신의 인맥을 총동원해서 알아낸 귀한 정보였다. 찾아가서 하고 싶은 말을 다 하고 오라고 했다. 가능하면 욕을 퍼붓고 오라고 했다. 그게 더 정신 건강에 좋고 미련도 남지 않는다고.

여름이는 몇 번 고민 끝에 준하가 다닌다는 학원에 갔다. 수업이 끝나는 시간보다 좀 더 일찍 가서 기다렸다. 학생들이 내려오기 시작했다. 그 속에 준하가 있었다. 준하는 멀쩡해 보였다. 갑작스러운 이별 통보로 제대로 잠도 못 잤던 여름이가 더 아픈 사람처럼 보였다. 여름이는 준하에게 다가가려고 한 발 내디뎠다. 그때 학원 앞 도로에 검은색 승용차가 멈추고 준하 엄마가 내렸다. 여름이는 자신도 모르게 뒷걸음질 치며 학원 옆 문구점으로 들어갔다. 유리창 너머로 학원 주변이 훤히 보였다. 준하가 학원 계단을 내려오자 준하 엄마가 다급하게 준하에게 다가갔다. 준하가 엄마를 보자마자 못 본 척하며 빠르게 걸었다. 준하 엄마가 그 뒤를 쫓았다. 준하 엄마가 준하의 팔을 낚아채며 뭐라고 말을 했고 준하는 엄마의 손을 뿌리치고 엄마를 향해 인상을 찌푸리며 화를 냈다. 주변 사람들이 둘을 쳐다봤다. 준하 엄마는 준하의 손을 붙잡고 문구점 앞을 지나 뒷골목으로 끌고 갔다.

여름이는 문구점 문을 열고 그들을 뒤쫓아갔다. 빌라가 들어선 길가, 가로등 아래서 준하와 준하 엄마가 언성을 높여 싸우고 있었다. 여름이는 좀 떨어진 곳에 서서 그들을 지켜봤다.

"왜 그랬어요! 도대체 왜 그랬냐고요! 왜 내 허락도 없이 내 휴대폰 숨기고 여름이한테 이별 문자를 보냈냐고요!"

준하가 화를 내며 소리쳤다.

"준하야, 이게 다 널 위해서야. 이제 얼마 안 남았잖아. 곧 2학년 되고 좀 지나면 입시생이 된다고. 결승선이 곧 다가와. 우리가 이렇게 여유 부릴 시간이 없어. 이 귀중한 시간에 연애라니, 말도 안 돼! 여자애 하나 때문에 네 인생을 망쳐야 쓰겠니? 여름이 못 만나게 한다고 어떻게 엄마한테 이래! 엄마는 엄마가 가진 모든 걸 쏟았어. 돈이면 돈, 시간이면 시간, 정성이면 정성! 그런데 여름이 만나고 나서 넌 엄마 몰래 주말 과외 다 땡땡이치고 여름이랑 놀러 다녔잖니, 갠 널 망치려고 작정한 애야. 중학교 때부터 엄만 걔가 마음에 들지 않았어. 너한테 꼬리치기만 할 줄 알았지 공부도 못했잖니. 그래서 엄마가 그렇게 말린 건데, 또 여름이라니! 이번에 또 네게 뭐라고 고백하면서 널 꾀어냈니?"

"엄마, 여름이가 절 꾀어낸 게 아니에요. 저도 중학교 내내 여름이를 좋아했어요. 하지만 매번 엄마 때문에 거절했잖아요. 거절 이유도 엄마가 만들어 줬잖아요. 그거 억지로 말할 때마다 여름이만 운 줄 아세요? 저도 죽을 것 같았다고요!"

가로등 아래서 준하가 인상을 쓰고 소리를 지르며 엄마에게 화를 냈다. 여름이는 준하 엄마의 말도, 준하의 악다구니 쓰는 모습도 믿기지 않았다. 이 모든 게 환상처럼 낯설었다. 하지만 준하가 외치는 '죽을 것 같았다.'는 말에 여름이의 가슴이 아려 왔다. 여름이는 얼음 조각상처럼 한 걸음도 움직일 수 없었다. 그 자리에서 둘의 비밀 같은 이야기를 다 듣고야 말았기 때문이다. 그리고 지난 시절 준하가 보낸 문자와 카드의 글귀가 생각났다.

'우린 아직 학생이니까 공부가 더 중요한 시간이잖아. 우리 열심히 해서 더 좋은 곳에서 만나자.'

'이런 말을 해서 너무 유감스럽지만, 우리 인생에서 가장 중요한 시기에 사귀는 건 힘들 것 같아. 공부만이 살길이잖아.'

그때는 준하가 어른스러워서 그런 말을 쓴다고 생각했다. 준하 엄마가 썼을 것이라고는 상상조차 하지 못했다. 여름이는 정신을 차리고 조용히 골목을 빠져나와 네 정거장이나 되는 길을 걸어 집으로 돌아갔다. 돌아가는 길에서야 여름이는 중학교 시절 여름이에게 거절의 메시지를 전할 때마다 준하가 지어 보였던 슬픈 눈빛과 모호한 행동들이 이해되었다. 준하가 그 시절 홀로 견디면서 삼켜야만 했을 다른 고통은 또 얼마나 많았을까를 상상했다. 만날 때마다 준하가 자신에게 고백하던 그 마음도 이해되었다. 준하는 사랑으로 여름이에게 진 마음의 빚을 갚고 있었던 셈이었다.

밤바람이 차가웠다. 여름이는 매번 준하의 얼굴을 보겠다고 준하를 쫓아다녔던 시간을 생각하며 한숨을 쉬었다. 준하를 사랑한다고 생각했지만, 자신은 그저 얼빠였다는 생각이 들었다. 잘생긴 준하 얼굴만 보려 했지 준하의 마음을 들여다볼 생각은 한 번도 해 보지 못했기 때문이다. 여름이는 준하에 대한 자신의 사랑에 알맹이가 빠져 있었단 걸 깨닫게 되었다.

준하에게서 연락이 오지 않았다. 준하의 사정을 잘 알고 있는 여름이도 먼저 연락할 수 없었다. 준하를 위해서 어떻게 해야 할지 쉽게 판단되지 않았기 때문이다. '보고 싶다.'는 문자를 하루에도 몇 번씩 쓰다가 지웠다. 시간만 흘러갔다. 11월 중순인데 밤거리는 화려한 크리스마스트리와 캐럴 소리로 활기를 띠었다. 여름이는 말수가 줄어들어 슬기와 보경이가 억지로 말하게 하는 일이 아니면 입을 닫았다. 여름이의 유쾌한 웃음이 가을 낙엽처럼 여름이에게서 떨어지고 있었다.

여름이는 야자를 끝내고 평소와 같은 시간에 셔틀버스를 탔다. 한 정거장을 남겨 두고 차창 밖으로 준하를 봤다. 준하의 집과 자신의 집이 가깝긴 했지만, 그 길은 여름이가 사는 아파트와 더 가까운 곳이었다. 여름이는 버스에서 내리자마자 준하를 피하려고 지름길인 골목길로 황급히 뛰어갔다.

골목길이 평상시보다 더 어두웠다. 골목길 초입에 서 있던 가로등이 깨진 채 꺼져 있었다. 한참을 종종거리며 걷는데 뒤에서 발걸음 소리가 났다. 처음엔 딴생각에 빠져 뒤에서 누군가가 따라온다는 생각을 못 했는데 갑자기 기분이 싸해졌다. 힐끗거리며 뒤를 돌아보니 덩치 큰 남자가 검은 모자를 쓰고 검은 마스크를 하고 뒤따라오고 있었다. 골목길엔 사람이 없었다. 여름이와 뒤따라오는 남자뿐이었다. 여름이는 교복 스커트를 입고 온 것이 후회되었다. 여름이는 빠른 걸음으로 걷기 시작했다. 그러자 뒤에 오는 사람의 걸음걸이도 빨라졌다. 여름이는 공포감을 이겨 낼 수 없었다. 휴대폰을 보니 배터리도 얼마 남지 않았다. 머리카락이 쭈뼛 설 정도였다. 여름이는 달달 떨리는 손으로 휴대폰을 들었다. 지금 이 순간 아무도 생각나지 않았다. 오직 준하만이 생각났다. 여름이는 망설임도 없이 준하에게 문자를 남겼다.

'준하야, 나 골목길이야. 뒤에서 어떤 남자가 따라오고 있어. 무서워. 와 줄 수 있어?'

곧 준하에게서 전화가 왔다.

"여름아, 침착해. 오빠랑 통화하는 것처럼 말해. 내가 갈게. 금방 도착할 수 있어. 조금만 기다려! 전화 끊지 말고, 계속 나랑 얘기해."

준하의 목소리는 차분했다.

"오빠, 지금 온다고! 마중 오는 거야!"

여름이는 준하의 말에 힘을 얻어 큰 목소리로 대답했다.

"조금만 기……."

전원이 꺼졌다. 준하의 목소리도 사라졌다.

여름이는 뒤도 돌아보지 않고 골목길 끝자락에 있는 작은 슈퍼마켓의 불빛을 등대 삼아 식은땀을 흘리며 빠르게 걸었다. 여름이는 슈퍼마켓 입구가 보이자마자 뛰듯이 들어갔다. 슈퍼마켓 안에서 물건을 고르는 척하며 밖을 봤는데 여름이를 따라오던 남자는 다른 곳으로 가지 않고 그 앞을 서성였다. 여름이는 작은 가게 안에서 과자를 들었다 놓았다 하며 시간을 끌었다. 3분이 흐르고, 5분이 흘러갔다. 1분이 30분 같았다.

잠시 후 슈퍼마켓 근처에서 쿵쿵 울리는 발소리와 함께 자신의 이름을 부르는 소리가 났다. 여름이가 슈퍼마켓 문을 열었다. 준하와 여름이의 눈이 마주쳤다. 여름이를 발견하자마자 준하가 골목길 아래에서 여름이를 향해 달려왔다. 추운 밤에 땀을 흘리면서 준하가 금방이라도 눈물을 흘릴 것 같은 표정으로 달려오고 있었다. 지금껏 슈퍼마켓 주변을 어슬렁거렸던 남자는 다시 골목길 아래로 내려가고 있었다. 여름이도 그제야 슈퍼마켓 밖으로 나올 수 있었다.

준하가 여름이를 보자마자 안았다.

"진짜 뛰어오면서 오만가지 생각이 다 들었어. 네게 무슨 일이 생겼을까 봐, 너무 무서웠어."

준하가 울먹이며 말했다.

여름이는 고개를 들어 가만히 준하의 눈물을 닦았다.

“미안해, 너무 부끄러워서 전화를 못 했어. 보고 싶어서 매번 네 집 앞까지 갔지만 미안해서 그냥 왔어. 네게 준 상처가 너무 크고 많아서 만나자고 할 수 없었어. 하지만 오늘은 다 얘기할 거야.”

준하는 여름이를 안고 떨리는 목소리로 얘기했다. 여름이는 순순히 고개를 끄덕였다.

준하랑 여름이는 집 앞 근처에 있는 코인 노래방에 갔다. 준하가 좋아하는 사랑 노래를 틀어 놓았지만 아무도 노래하지 않았다. 작은 공간에서 여름이는 준하를 내내 안았다.

“다 너 때문이었어.”

준하가 여름이를 안고 말했다.

“뭐가?”

“내가 살 수 있었던 이유가.”

여름이는 준하의 어깨를 토닥였다.

“넌 내가 가장 힘들 때마다, 죽고 싶었을 때마다, 내게 사랑 고백을 해 줬어. 타이밍도 얼마나 죽여줬는지, 예상치도 못했던 시간과 장소에서 넌 깜짝 등장했어. 넌 삼 년 내내 고백해 줬잖아. 내가 누군가에게 이토록 사랑받을 수 있는 존재라는 걸 알게 되니까 살고 싶어지더라. 그리고 너 때문에 처음 알게 되었어. 사랑이 이렇게 설레고 나를 행복하게 해 준다는 걸 말이야. 그래서 견딜 수 있었어. 그 막막했던 시간을."

여름이는 준하에게 뽀뽀를 퍼부었다.

"이건 인공호흡이야, 너를 살리는."

준하가 빙긋 웃었다.

"그리고 사과할 게 있어."

"뭘?"

"미안했어. 학교 다닐 때 너의 고백에 단 한 번도 제대로 된 답을 못 해서. 그래서 너를 다시 만나면 말하고 싶었어. 나도 좋아한다고, 널 아주 많이 사랑한다고. 그 말을 죽을 때까지 매일매일 해 줄게."

준하는 그 말과 함께 자신의 이야기를 털어놓았다. 엄마의 모진 시집살이와 아버지의 외도까지. 준하는 엄마가 안쓰러워서 자신조차 엄마를 놓으면 엄마가 죽을 것 같아 엄마가 원하는 대로 다 따랐다고. 하지만 그럴수록 자신에게 더 집착하고 더 많은 상장과 트로피를 원해 공부 잘하는 아들로 살아야 했던 자신의 이야기까지. 엄마는 자신을 아들로 사랑하는 것이 아니라 남들 눈에 자랑거리가 되기를 원했던 것 같다고 고백하며 슬퍼했다.

"여름아, 북극해에 그린란드 상어가 살고 있대. 1년에 1㎝밖에 자라지 않아서 150살이 되어야 겨우 짝짓기를 할 수 있대. 성체로 자라는 데는 무려 200년이 걸린다더라. 그 상어 사진을 보다가 내가 점점 그린란드 상어처럼 되어 가는 건 아닐까 싶었어. 나는 평생 미성년자로 살게 될 것만 같아 두려웠어. 살면서 내가 선택한 건 하나도 없었어. 엄마가 명령하거나 지시한 걸 따르면서 살았으니까. 어느 날부터 난 결코 어른이 될 수 없을 것 같은 생각이 들더라. 이런 삶이 끝나지 않을 것만 같아 두려워졌어. 그래서 마지막 용기를 내서 널 만나러 간 거였어."

여름이는 준하를 더 꼭 안았다. 여름이의 따뜻한 온기가 준하에게 전해지도록. 여름이는 그동안 눈치채지 못했다. 준하가 차가운 북극해에서 살고 있다는 것을.

여름이는 준하에게 속삭였다. 북극해가 너무 차가워서 그린란드 상어가 제대로 자라지 못한다고. 차가운 곳에서는 뭐든 늦게 자라는 거니까. 마음이 차가운 사람 곁에서는 식물도 늦게 자랄 거라고 얘기해 줬다. 하지만 걱정할 것 없다고 준하를 안심시켰다.

네 곁에는 내가 있으니까, 나는 여름이라서 그것도 한여름이라서 무엇이든 자라게 한다고. 온갖 열매를 무르익게 하고 심지어 잡초조차도 무성하게 자랄 수 있게 만들 수 있다고. 자신의 사랑도 맹렬한 여름을 닮아서 세상 가장자리에 있는, 그늘진 곳에 사는 생명조차도 싹을 틔울 수 있게 만들 수 있다고 토닥였다. 그러니 조금 더 힘내 보자고. 이 자연재해 같은 네 고통을 잘 이겨낸다면 너는 여름의 나무처럼 싱그러운 잎을 내며 누구보다 크게 우뚝 자라날 거라고.

그리고 다짐처럼 말했다.

"내가 너의 여름이 되어 줄게."

잊지 마!
네가 손 내미는 그곳에
언제든 내가 있어.

손을 잡으면

서성자

지난 주부터 이상했다. 아이들이 나를 피한다는 느낌이 왔다. 모여서 이야기하다가 내가 말을 걸면 모두 약속이라도 한 듯 흩어져 가 버렸다. 눈도 잘 맞추지 않았다. 그래도 신경 쓰지 않았다. 초등학교 때부터 절친인 아영이와 몇몇 친한 친구들만 있으면 됐으니까.

밤 10시 40분, 휴대폰이 울렸다. 아영이었다. 재빨리 통화 버튼을 눌렀다.

"선아야."

이름을 불러 놓고 아영이는 말이 없었다. 울먹이는 소리만 가늘게 들렸다.

"선아야, 미안해."

"야, 밤중에 전화해서 뭐가 미안한데."

아영이는 또 한동안 말이 없었다. 훌쩍이는 소리만 들렸다. 나는 벌떡 일어섰다.

"왜? 너 무슨 일 있어? 말해 봐. 너 어디야."

전화기를 귀에 더 바짝 대며 옷장에서 점퍼를 꺼냈다. 무얼 어떻게 하겠다는 생각도 없이 아영이에게 무슨 일이 일어났다면 내가 가야 할 것 같았다. 점퍼를 입고 지퍼를 올렸다.

"선아야, 미안해. 오늘 MJ네에게 끌려갔었어. 우리랑 친한 유진이, 수아, 주하도 함께. MJ네들이 경고하더라. 너랑 가까이 지내지 말라고. 아는 척도 하지 말래. 아님 우리를 가만두지 않겠대. 내가 선아 너에게 이래서는 안 되는 것 알아. 학교에서는 당분간 우리 모른 척하자. 그냥 전화로만 연락하면 안 될까? 미안해. 나도 이러는 내가 너무 싫다."

MJ! 민지의 이니셜이다. 수많은 애들을 괴롭혀 공포에 떨게 만드는 애, 선생님까지 학교를 떠나게 만들었다는 소문난 독종 강민지다. 나는 직접 당해 보지 않았지만 당해 본 애들은 치를 떨었다.

"내가? 왜? 갑자기 이게 뭐래?"

"네가 그 애 우산 씌워 준 걸 MJ가 봤대."

비가 추적추적 내리는데 나에겐 우산이 있었고 그 애에겐 없었다. 차가운 비에 바람까지 불어 더 추웠던 날이었다. 하굣길에 비 맞고 벌벌 떨며 가는 모습이 너무 추워 보였다. 내 손이 마음보다 먼저 움직여 우산을 씌워 줬을 뿐이다. 그 애가 왕따 현지였다.

"괜찮아. 염려 마. 내가 누구냐? 내가 당할 사람이냐?"

"하긴 넌 다르지. 하지만……."

아영이가 소리 내 울었다.

"너무 걱정하지 마."

쿨 하게 말했지만 다른 사람 아닌 아영이에게 이런 말을 들을 줄은 몰랐다. 나를 떠나서는 한시도 못 살 것 같았던 아영이다. 나는 점퍼를 벗었다. 웃기게도 잠옷 위에 점퍼를 걸쳐 입었다. 밤중에 나가서 뭘 어떻게 하겠다고 이렇게 설쳐 댄 걸까? 점퍼를 벗어 방바닥에 내던지고 침대에 털썩 소리 나게 엎드렸다. 그렇게 가장 친한 아영이가 내 곁을 떠나갔다.

왕따는 어리바리 힘없고 좀 이상한 애들이 당하는 건 줄 알았다. 나는 성격이 좋아서 누구하고나 잘 지낸다. 거기다 태권도 유단자다. 내가 왕따라니 실감이 나지 않았다.

가장 가깝게 지내는 아영이가 밤중에 전화해서 절교를 선언했다. 마음 여린 아영이가 무슨 일을 당하고 얼마나 무서웠으면 나를 떠났을까? 아영이가 원망스러워지려는 마음을 꾹 눌렀지만, 서운함은 사라지지 않았다.

아영이 말을 듣고 보니 생생하게 기억나는 목소리가 있다.

"웃기고 있네. 비 오는 날 동화 쓰냐?"

MJ가 한 말이다. 비 오는 날, 내가 현지에게 우산을 씌워 줄 때 뒤에서 들린 말이다. 하필 내 뒤에 MJ 무리가 서 있었던 거다. 절묘한 타이밍이었다. 그게 왕따의 빌미가 되었다니 말도 안 된다. MJ가 어이없기도 했다. 어쩜 MJ 무리는 많은 아이에게 내가 당하는 모습을 보여 주고 싶었는지 모른다. 절대 고분고분하지 않은 나를 택한 이유가 있을 것이다. 최선아도 당하는데 너희들쯤이야. 아니면 자기들 일에 방해가 될 것 같은 나를 미리 기죽이려고 한지도 모른다. 여러 생각이 스쳐 지나갔다.

MJ 무리에게 기죽어 살지, 대결할지, 머릿속이 복잡했다. 잠은 이미 달아난 후였다. 생각하고 또 생각했다. 길은 없다. 그들은 이미 나를 찜했다. 어차피 주사위는 던져졌다. 쪽팔리는 최선아는 어울리지 않는다.

"그래, 우리 집 가훈처럼 '정면 돌파'다!"

두 주먹을 쥐고 없는 용기를 내 보았다. 그러자 오기가 온몸에 전율처럼 퍼져 갔다. 대처할 방법을 찾아야만 한다. 그동안 나와는 관련 없었던 왕따란 말이 내 코앞에 다가왔다. 힘없이 당하고 싶지는 않았다. 걔네가 나를 잘못 건드렸다는 걸 알게 하고 싶었다. 나는 지금껏 당했던 다른 친구들처럼 호락호락하게 당하진 않을 것이다. 내가 누군가? 가훈 '정면 돌파!'를 외치며 평생 꼼수 부리지 않고 사는 아빠의 딸, 최선아다.

다음 날 교실에서 나는 모두에게 큰 소리로 알렸다.

"얘들아, 나, 따래. 너희도 나랑 어울리면 따 당할 거라는데?"

내가 기죽지 않을 거라는 무언의 선포 같은 거였다. 애들이 킥킥댔다.

"헐, 다른 사람 아닌 네가? 왕따라고? 말도 안 돼."

"태권 소녀 최선아가 이젠 개그까지 욕심내냐?"

책상을 손으로 치는 애들로 교실은 웃음바다가 되었다.

하지만 그랬던 애들이 시간이 지나자 하나둘 MJ 눈치를 보다가 내 곁을 떠났다. 현지, 아영이에 이어 이젠 내게까지 다가온 학폭. 가만있으면 안 된다. 뭔가 결단이 필요하다.

나는 집에 오자마자 옷장 서랍을 열었다. 가장 밑바닥에 있는 태권도 도복을 꺼냈다. 4개월 동안 한곳에서 잠자고 있던 내 도복이다.

나는 초등학교에 입학하자마자 집 근처에 있는 아빠 태권도 학원에서 살다시피 했다. 너무 재미있어서 밥 먹을 시간을 놓치기도 했다. 6학년이 되어 진짜 검은 띠 유단자가 되었다. 나는 늘 자신만만했고 태권도장에만 가면 물 만난 고기가 되었다. 우리 가족을 비롯해 알 만한 사람은 다 알고 있었다. 내 꿈이 국가 대표 선수가 되는 것임을! 그다음엔 당연히 올림픽 메달!

중3이 된 올해 6월 말, 전국 중고등학교 태권도 대회가 열렸다. 당연히 나도 참가했다. 자신감이 하늘을 찔렀다. 우리 할머니는 내가 4강만 진출하면 잔치를 하겠다고 동네방네 소문을 내고 다녔다. 나 역시 4강쯤은 문제없을 거로 생각했다. 하지만 나는 상대 선수의 돌려차기 한 방에 예선 탈락의 고배를 마시고 말았다. 태권도 꿈나무라고 집안의 기대를 모았던 최선아의 예선 탈락!

나는 다른 사람들 시선은 아랑곳없이 통곡했다. 자신감과 실력은 다른 것이라는 걸 깨달은 한 판이었다. 코치 선생님과 아빠는 운 없게도 최고의 선수를 예선에서 만난 거라며 위로했지만 귀에 들어오지 않았다.

"내가 다시 도복을 입으면 최선아가 아니야."

소리치고 도복을 패대기쳤다. 그래도 버리지 못한 그 도복은 내 옷장 서랍 가장 깊숙한 곳에 넣어 두었다. 아빠랑 코치 선생님이, 나를 달래고 꼬셔도 난 꿈쩍도 하지 않았다. 어쩜 또 다른 실패를 겁내고 있는지도 모른다. 그날 들었던 심판의 날카로운 휘슬 소리가 오래도록 가슴을 찔러 댔다.

내 패인이 실력 부족인 것은 당연하다. 그러나 하늘을 찔렀던 나의 교만 탓도 있었을 것이다. 말도 안 되는 예선 탈락. 내 인생에 이런 비극, 낯 뜨거움은 한 번으로 족하다. 두 번 다시 이런 자존심 뭉개지는 일은 당하지 않으리라 다짐했다. 그런 내 고집을 아무도 꺾지 못하고 어느덧 4개월이 지났다.

내가 태권도를 그만둔 건 다른 애들은 모르는 비밀이다. 태권소녀인 내 옷차림도 변함없이 그대로다. 교복 치마 속에 입은 추리닝 바지, 가방에 매달려 달랑거리는 곰돌이 인형도 여전하다. 곰돌이는 언제나처럼 검은 띠를 매고 유단자 포스를 유지하고 있다. 몇 번이나 추리닝 바지를 벗었다가 입고, 곰돌이 검은 띠도 풀었다가 다시 묶었다. 그것들은 이미 내 몸의 일부가 되어 버려 없으면 뭔가 허전했다. 옷차림까지 변하면 진짜로 태권도를 다시는 시작하지 못할 것 같았다.

밤에 서랍 깊숙한 곳에 넣어 두었던 태권도 도복을 꺼냈다. 도복을 보자마자 가슴이 울렁거렸다. 이 옷을 입고 하루하루 최선을 다해 운동하고 수련했던 과거의 모습이 떠올랐다. 꿈을 향해 묵묵히 힘든 훈련을 견뎠던 과거의 '나'가 생각났다. 태권도를 배울 때 아빠와 코치님이 했던 말들이 떠올랐다. 쓰러져도 다시 일어나고 정의롭지 못한 일에 눈감지 말라는 말이. 나는 도복을 한 번 쓰다듬고 옷장 서랍을 닫았다.

다음 날 운동화 끈을 더 단단히 묶고 현관문을 나섰다. 당당하게 고개를 들고 걸었다. 절대 약한 모습은 보이지 않겠다고 입을 앙다물었다. MJ 무리가 불러도 나는 대답하지 않았다. 쳐다보지도 않았다. 다른 애들이 나를 투명 인간 취급한 것처럼 나는 MJ네를 그렇게 대했다.

"어쭈?"

MJ가 고개를 저었다.

"얼마나 가나 두고 보자."

픽 웃음을 터트리는 애도 있었다. 뭔가 소곤거리는 그 무리를 상대하지 않고 급식실로 들어갔다. 혼자서 밥을 먹는데 맛이 있는지 싱거운지 짠지 느껴지지 않았다. 그냥 로봇처럼 숟가락질했다. 내가 밥 먹는 모습만 봐도 밥맛이 좋아진다고 친구들은 말했다. 그런 내가 이렇게 변하다니 어이가 없다.

그때 MJ 무리 중 한 명인 노랑머리가 내게 다가왔다. 무엇에 걸린 척 비척이더니 식판에 남은 김칫국물을 내 교복에 쏟았다. 실수를 가장한 횡포였다.

"앗 실수! 쏘오리!"

노랑머리가 빈정거리며 말했다. 순간 노랑머리 머리통을 식판으로 내리치고 싶은 걸 간신히 참았다. 모른 척할 것인지, 갚아 줄 것인지, 잠깐 망설였다. 나는 노랑머리를 매섭게 노려본 뒤 내 식판의 더 많은 김치를 그 애 옷에 그대로 쏟아부었다.

"앗, 나도 실수 쏘오리."

그 애의 말투를 그대로 따라 하며 맞받아쳤다.

"야! 너 돼지려고 환장했냐?"

노랑머리 말에 순간 급식실이 싸하게 적막해졌다. 유치원 때 했던 '그대로 멈춰라' 게임처럼. 나는 천천히 일어나 급식실을 빠져나왔다.

"나를 뭐로 보고?"

낮게 중얼거렸다. 그때 MJ가 가까이 다가왔다.

"최선아, 너 지금 우리에게 도전하냐? 우리 잘못 건들면 네 인생 꼬일 텐데. 우리랑 엮여서 너 학폭이라도 걸리면 태권도 대회 출전도 못 할걸."

MJ 말을 듣자 딱지가 생기기 시작하는 상처를 후벼 파는 것처럼 정신이 번쩍 들었다. MJ는 상대의 약점을 너무 잘 알고 있었다. 급식실에서 나오던 애들이 MJ와 나를 피하듯 재빨리 스쳐 지나갔다.

바람 부는 벌판을 혼자 걷는 기분, 두꺼운 옷 대신 얇은 옷을 입고 눈길을 걷는 느낌이다. 다른 애들은 따뜻한 패딩을 입고 나를 바라보며 지나가는 기분이다. 될수록 걸음도 씩씩하게 걸으려고 애썼다. 행여 고개를 숙이고 걷지 않을까 두렵기도 했다. 나는 좀 더 힘 있게 걷기 위해 두 팔을 과장되게 흔들며 걸었다. 내 모습이 중앙 현관 거울에 나타났다. 로봇처럼 어색하게 걷고 있는 내 모습이 한심했다. 거울 앞에서 한참을 그대로 서 있었다. 누가 이런 내 모습을 볼까 봐 서둘러 자리를 떴다.

교무실 쪽에서 현지가 나왔다. 현지가 나를 보자 천천히 다가왔다.

"선아야, 생각해 보니까 너에게 고맙다는 말을 안 했어. 그날 난 모든 걸 포기하려고 했거든. 차가운 비를 맞으며 난 혼자라고 생각했었어. 그때 네가 차가운 비를 막아 줬어. 네 덕분에 내 곁에도 누군가 있다는 걸 알게 된 거야. 혼자가 아니라는 게 얼마나 든든했는지 몰라. 네가 그날 날 구해 준 거야. 그런데 나 때문에 요즘 넌……."

현지 말을 듣고 놀랐다. 비 오는 날 우산을 씌워 준 일이 현지에게 그렇게 큰 의미였는지 몰랐다. 현지가 그동안 얼마나 큰 외로움에 힘들었는지 알 것 같았다.

"나 전학 가. 떠나기 전에 고맙다는 말을 꼭 하고 싶었어."

"왜 피해자인 네가 가? 가해자가 가야 하는 것 아니냐?"

"난 내가 피해자인데도 그걸 입증하지 못했어. MJ네 때문에 결국 내가 거짓말쟁이가 되었어. CCTV도 없었고, 목격자도 찾을 수 없었으니까. 내가 당해서 내가 말한 건데. 그것만으로는 안 되는 건가 봐. 날 괴롭혔던 가해자가 그렇게 당당할 수 있다는 게 믿기지 않았어. 개네들 중 두 집안이 엄청나게 돈이 많대. 시의원 딸도 있잖아. 학교에 갔다 온 엄마가 얼마나 울었는지 몰라. 내가 전학 가겠다고 먼저 말했어. 고마웠다. 최선아, 오래오래 널 잊지 않을게."

"그래도 전학이 답은 아니야. 안 가면 안 되냐?"

"이미 가기로 수속 끝냈어."

나는 현지 손을 꼭 잡았다. 현지를 돕지 못해 내가 더 미안했다. 기가 죽어 가려고 했는데 도움이 되었다는 현지 말에 가슴을 앞으로 더 내밀고 걸었다. 더 씩씩하게 걸을 수 있었다. 내가 힘은 좀 세지만 혼자는 싫다. 혼자가 이렇게 힘들지는 미처 몰랐다. 외로이 떠 있는 섬이 된 느낌이다. 나처럼 씩씩한 애도 이러는데 다른 애들 마음은 어떨지 짐작이 갔다.

이동 수업할 때도 나 혼자다. 짝이 없는 외로움은 생각도 못 했었다. 나 혼자만 남기고 떠나는 애들을 보며 가슴이 시렸다. 친하지 않은 애들은 괜찮다. 친한 애들이 모른 척하는 건 더 참기 힘들었다. 아영이가 나 아닌 다른 애와 함께 가는 모습에 배신감이 느껴졌다. 그런 내가 한심하기도 했다. 그중에서도 가장 힘든 건 급식실에서 혼자서 밥을 먹는 거다. 겉으로는 표정 없이 맛있는 척 먹었지만, 음식은 목구멍으로 쉽게 넘어가지 않았다. 도망치고 싶었다. 그들에게 쉽게 당하지 않겠다던 내 결심은 파도에 쓸리는 모래성처럼 자꾸만 허물어져 갔다.

복도를 걸어가는데 나랑 친했던 애들이 고개를 숙이고 지나갔다. 행여 눈 맞춤이라도 하면 큰일이라도 날것처럼. 학교에 이미 소문이 퍼졌나 보다. 최선아랑 아는 척하면 MJ에게 찍힌다는 소문. 그러나 몇몇 애들은 아무도 모르게 가슴 앞에 살짝 손가락으로 V 자를 그려 보이기도 했다. 모른 척했지만, 코끝이 시큰했다.

왕따 덕에 책은 실컷 읽었다. 수다 떨 애들이 없이 혼자니 도서실을 찾을 수밖에 없었다. 책을 읽을 동안만은 혼자라는 생각을 잊을 수 있었다. 집에도 빌려 가 학원 수업이 끝나고 난 뒤 밤늦도록 계속 읽었다. 이러다 다독 왕이 될지도 모르겠다. 책을 읽다 '부러진 손가락을 보여 주지 마라.'란 글귀가 눈길을 잡았다. MJ 무리에게 내 약한 모습은 절대 보이지 말자 다짐했다.

도서실에서 나오는데 MJ 무리 중 한 명이 나를 턱짓으로 불렀다. 신발을 찍찍 끌고 다녀 슬리퍼라 불리는 애였다. 모른 척 지나가려는 데 쪽지를 내밀었다.

"MJ가 보잔다. 거기 적힌 곳으로 나와. 말 듣는 게 네 신상에 좋을 거다."

나는 잠깐 망설였다. '폭력 절대 금지!' 아빠는 태권도 학원 애들에게 그 말을 되풀이했다. 딸인 나는 더 확실하게 지켜야 할 규칙이었다. 아빠 말씀이 머릿속을 스쳐 지나갔다. 그냥 가서 만나 볼까 했지만 내 성질에 그 애들과 한바탕 싸움이 벌어질 건 뻔했다. 뒷감당할 수 없을 것 같아 불안했다. 나는 슬리퍼가 내민 쪽지 내용을 확인도 하지 않고 가늘게 찢어 아래층으로 후 불어 날려 버렸다. 슬리퍼에게 말 한마디 하지 않은 건 물론이다.

"야, 너 미쳤냐? 넌 이제 죽었다."

그 말을 못 들은 척 아래층으로 내려가는 계단을 쿵쿵 소리 내 걸었다. 가슴을 활짝 펴고 걸었다. 어쩌면 겁이 나서 더 가슴을 펴고 더 씩씩하게 걷는 건지도 모른다. MJ 무리에게 속마음을 들키고 싶지 않았다. 억지로라도 용기를 잃고 싶지 않았다. 남의 눈에 결코 약한 모습은 보이지 말자고 이를 앙다물었다.

"최선아."

누가 나를 불렀다. 나를 유난히 예뻐하는 체육 선생님이었다.

"오늘도 최선을 다했지?"

나를 만날 때마다 선생님은 장난기가 배어 있는 얼굴로 늘 이렇게 물었다.

"예."

평상시에 하는 '옛썰'과 거수경례 대신 짧게 대답했다.

"혹시 무슨 일 있냐?"

"없는데요."

체육 선생님 눈에도 내가 이상하게 보였나 보다.

집으로 돌아오자마자 엄마가 나를 불러 세웠다. 엄마와 아영이 엄마는 우리가 초등학교 때 친해진 사이였다.

"요즘 아영이에게 무슨 일 있냐?"

"왜?"

"아영이가 밥을 제대로 못 먹고 잠도 잘 못 잔대. 몰래 울기도 하는데 물어도 대답을 안 한다더라. 네게 좀 물어보라더라."

엄마가 걱정스럽게 말했다. 우리 엄마는 자기 딸 대신 남의 딸 걱정을 하고 있다. 나 또한 밤잠을 제대로 못 자고 있는데 말이다.

"아니. 별일 없어."

나는 힘없이 대답하고 방으로 들어가 아영이에게 전화를 했다. 전화벨이 두 번도 울리기 전에 아영이가 전화를 받았다.

"너희 엄마가 너 엄청 걱정하신대."

아영이는 대답 대신 내 걱정부터 쏟아냈다.

"MJ 무리가 고분고분하지 않은 널 가만두지 않겠대. 진짜 독하고 무서운 애들이야. 혼자인 너를 볼 때마다 난 뭐 하고 있는 건지, 미칠 것 같아."

울음 섞인 목소리였다.

"아영아, 왜 네가 난리냐? 난 괜찮아. 내가 누구냐? 나 최선아야. 내 걱정은 하지 마. 내 일은 내가 알아서 할 거니깐."

일부러 밝은 목소리로 말하고 전화를 끊었다. MJ 패거리들을 가만두지 않을 거라는 결심을 다시 하며 입술을 깨물었다. 결심한다고 뾰족한 수가 없다는 현실이 나를 힘들게 만들었다. MJ에게 일대일로 겨루자고 도전장을 내고 싶다. 만나서 실컷 두들겨 패고 싶었지만 그건 아니다. 뭔가 좋은 방법을 찾아봐야겠다.

도서실에서 책을 보다 다른 애들보다 늦게 교문을 나섰다. 아파트 놀이터 근처에서 앞서가는 지수를 봤다. 반가워서 소리쳐 부르려다가 그만두었다. 다른 애들 눈에 띄고 싶지 않아서였다.

MJ가 나와 가까이하는 애들은 손봐 준다고 했다니 내가 지수를 좀 더 멀리해야만 할 것 같았다. 그러나 내 눈은 지수 뒤를 계속 따라갔다. 지수는 뭔가 눈치를 보고 주변을 살폈다.

그때 MJ 무리 중 우리 아파트에 사는 애가 지수에게 다가갔다. 얼굴에 주근깨가 많아 딸기로 불리는 애다. 나는 나무 뒤에 잽싸게 숨었다. 지수가 스쳐 지나가며 딸기에게 뭔가를 전했다. 딸기가 전해 받은 것은 분홍색 지갑이었다. 지수는 이미 공동 현관으로 사라진 뒤였다.

'저게 뭐래? 스파이 접선도 아니고.'

꺼림칙한 마음으로 한참을 서 있었다.

다음 날 등교했더니 반장 하린이가 울고불고 난리였다.

"남친이 백일 기념으로 선물한 거란 말이야. 어제 집에 가서 보니 없어."

뭔가를 잃어버린 모양이다. 하린이 얼굴이 눈물로 얼룩졌다. 아이들이 하린이 곁으로 모여들었다.

"뭘 잃어버렸는데?"

"지갑."

누군가의 물음에 하린이가 대답했다.

"어떻게 생긴 지갑인데?"

"핑크에 하트 스티커가 두 개 붙어 있어."

"혹시."

나도 모르게 중얼거렸다.

'지수가 하린이 지갑을 훔쳐 MJ네에게?'

온몸에 소름이 돋았다.

다음 날은 다른 반에서도 물건이 없어졌는데 하필 상대 못 할 가희 것이라고 했다.

"가희가 괜히 가희냐? 정말 미친개같이 무서운 앤데. MJ도 아예 상대 안 하는 똘아이잖아."

"맨날 입버릇처럼 말하잖아. 자기는 잃을 게 없어서 무서운 게 없다고."

쉬는 시간이 되자 아이들이 여기저기 모여 수군거렸다.

"가희다."

가희가 성큼성큼 교실 안으로 들어왔다.

"구입한 지 아직 일주일도 안 된 에어팟을 훔쳐? 누군지 찾아내기만 해. 죽여 버릴 테니까. 두고 봐. 꼭 잡아서 얼굴에 매직으로 써 줄게. 도, 둑, 년."

나는 지수 눈치를 살폈다. 책을 보는 지수 손이 가늘게 떨고 있었다. 얼굴도 파랗게 질렸다. 지갑과 에어팟. 지수가 훔친 게 아니라면 저런 반응을 보일 리가 없다. 내가 훔친 것처럼 가슴이 벌렁거렸다.

그날 밤 책을 읽다 눈이 피로해 창밖을 바라봤다. 놀이터에 지수가 보였다. 나는 얼른 방의 불을 끄고 지수를 바라봤다. 지수는 오래도록 한자리에서 움직이지 않았다. 3일 전 딸기에게 하린이 지갑을 건네주었던 바로 그 자리였다. 30분이 지나고 1시간이 지나도 지수는 움직일 줄을 몰랐다. 지켜보는 내가 안달이 날 정도였다. 휴대폰을 꺼내 귀에 대던 지수가 자기 집 쪽을 올려다본 뒤 천천히 걸어갔다. 지수 등 뒤에 이러지도 못하고 저러지도 못하는 어정쩡한 아영이 모습까지 겹쳐 보였다. 지수 걱정이 혹시 지갑 때문이라면 뭔가 도와줘야겠다는 생각에 가슴이 뛰기 시작했다.

나는 서둘러 옷장 서랍을 열었다. 도복을 꺼내 들고 벌떡 일어섰다. MJ 패거리들을 그대로 두어서는 안 될 것 같았다. 도울 힘이 있는데 방관하는 건 비겁한 짓이다. 나는 무엇에 홀린 듯 도복을 껴안고 현관문을 나섰다.

아빠 태권도 도장 문 앞에 섰다. 숨을 고르고 비밀번호를 눌렀다. 현관문이 나를 기다린 것처럼 열렸다. 불을 켰다. 어둠이 물러갔다. 내 마음의 고민까지도 따라 물러가는 듯했다. 전면 거울 앞에 섰다. 도복을 입고 선 내 모습이 낯설었다. 먼 길을 돌아 고향에 돌아온 기분이었다. 넉 달 전에 했던 동작들을 시작했다. 몸은 굳었고 동작은 어색했다. 자존심이 상했다.

'이 실력으로 MJ 패거리들의 상대가 될지 모르겠다.'

하지만 난 포기하지 않았다. 넉 달 만에 다시 입은 도복을 그렇게 쉽게 벗을 수는 없었다. 그래서는 안 될 것 같았다.

12시가 다 되도록 열심히 뛰고 달리고 날았다. 온몸이 땀에 젖어 바닥에 쓰러지듯 눕고 말았다. 간신히 일어나 불을 끄고 나오는데 현관문 밖에 검은 그림자가 서 있었다. 섬뜩해서 주먹을 쥐고 그 사람을 노려봤다.

"선아야, 아빠야. 불이 켜져 있어 와 봤다."

아빠가 태권도를 시작한 나를 꼭 껴안았다. 아빠도 나도 말은 필요 없었다.

다음 날 새벽 4시, 알람 소리가 났다. 어젯밤 오랜만에 운동을 해서 쉽게 일어나지 못했다. 온몸이 몽둥이로 맞은 것처럼 아팠다. 눈꺼풀도 쉽게 떨어지지 않았다.

'오늘만 쉬자. 내일부터 하면 돼.'

그래도 쉽게 포기가 안 됐다. '갈까? 말까?' 할 때는 그냥 가는 게 낫다는 체육 선생님 말씀이 생각났다. 나는 벌떡 일어났다.

다음 날도 새벽잠과 씨름을 했지만, 어김없이 태권도장을 찾았다. 가장 먼저 거울 앞에 섰다. 거울 속 내가 더 이상 낯설지 않았다. '내가 힘이 있어야 남도 도울 수 있다.'며 거울 속 내가 입을 앙다물었다. '그들의 폭력적인 힘과 내 힘은 뭐가 다른데?' 거울 속 내가 물었다. '그들은 괴롭히기 위해서. 나는 돕기 위해서다.'라고 정답을 말해 줬다.

새벽마다 숨이 턱에 차도록 운동했다. 내 안에 아직도 남은 예선 탈락이란 기억의 가시를 뽑아내고 싶었다. 내 안의 적들과 싸워 이기지 못한다면 나는 아무것도 못 할 것 같았다. 당분간 다른 학원은 쉬고 싶다는 말에 아빠가 고개를 끄덕였다.

날마다 온몸이 땀에 젖었지만, 기분은 상쾌했다.

"우리 선아 돌려차기는 국가 대표 수준이다."

아빠가 칭찬했다. 돌려차기로 예선 탈락을 당한 내가 돌려차기로 칭찬을 듣다니. 웃음이 나왔다.

‘국대, 올림픽.’ 결코 잊을 수 없었던 내 꿈이 가슴속에서 꿈틀댔다.

“폭력에 엮이면 국대는 포기해야 한다.”

거울 속 내가 말했다. 국대와 지수를 양팔 저울에 올리고 저울질이 시작되었다. 지수를 돕는데 태권도를 쓴다면 내 꿈은 사라지고 말 것이다.

“잘못해서 학폭에 엮인다면?”

나는 거울 앞에서 묻고 또 물었다.

내 태권도 실력은 늘어 갔고 지수와 아영이 얼굴은 더 어두워져 갔다. 내 고민과 함께 시간도 흘러 어느덧 한 달이 훌쩍 지나갔다. ‘그래, 폭력 아닌 정당방위야.’ 내 스스로 정답을 찾아냈다. 친구를 외면하고 행복할 자신이 있는지에 대한 답이었다.

등교하기 전, 교복 치마 속에 추리닝을 입고 마음을 다잡았다. 가방에 매달린 검은 띠 유단자 곰돌이는 더 사랑스러웠다.

“선아야! 큰일 났어.”

아영이가 하교 시간에 도서실로 뛰어 들어왔다. 사서 선생님 눈꼬리가 올라갔다. 학교에서 나를 찾을 정도면 큰일이 난 게 분명했다. 나는 벌떡 일어나 가방을 메고 아영이 앞으로 달려갔다.

"너 무슨 일 있어? 왜 그래?"

"지수가 MJ네에게 끌려갔어. 분리수거장. 가만두지 않겠다고 MJ가 이를 갈았어. 분위기가 심상치 않아. 네가 가 봐야 할 것 같아."

아영이가 허둥댔다. 어쩜 아쉬울 때만 나를 찾는 게 염치없었는지도 모른다. 나는 아영이에 대한 서운함을 내려놓고 분리수거장을 향해 달렸다.

멀리 MJ네가 지수를 빙 둘러싸고 있는 모습이 눈에 들어왔다.

"넌 여기 숨어서 동영상 찍어. 할 수 있지?"

내 말에 아영이는 잠깐 머뭇거리다가 고개를 끄덕였다.

"이 정도는 할 수 있어. 오늘 밤은 잠을 잘 수 있을 것 같아."

억지로 웃는 아영이 목소리가 떨렸다. 아영이 진심이 느껴져 두 주먹을 꽉 쥐었다. 아영이와 함께 종이 박스 뒤에 숨어서 지켜보기로 했다.

"야! 꼴 같지 않은 년을 우리 팀에 넣어 줬더니, 은혜를 모르고 시키는 일을 안 해? 이젠 우리 팀에서 나가겠다고? 그게 네 맘대로 될 것 같냐?"

MJ가 지수 뺨을 후려갈겼다. 지수 뺨이 옆으로 휙 돌아갔다. 내가 맞은 것처럼 자존심이 상했다. 아영이는 벌린 입을 손으로 가렸다.

"이 동영상 보이지? 에어팟 훔치는 장면이야."

지수 어깨가 흠칫했다.

"너 소질 있던데? 어때 비밀 지켜 줄 테니 계속 함께하자."

MJ가 지수 어깨를 껴안았다.

"싫어. 날 협박하고 괴롭힌 건 너희잖아. 제발 나 놓아줘. 죽인대도 절대로 그런 짓 다시는 안 할 거야."

공포에 떨면서도 지수는 할 말을 했다. 동영상을 찍고 있는 아영이 손이 떨렸다.

"누구 맘대로! 네가 나간다면 이 동영상 전교생이 보게 될걸."

MJ가 지수 머리칼을 잡고 고개를 들어 올렸다.

지수 얼굴은 눈물로 범벅이 되고 하얗게 질려 곧 쓰러질 것 같았다. 지수를 더 당하게 둘 수는 없다. 현지처럼 망가지게 둘 수는 없다.

"아영아, 동영상 계속 부탁해."

나는 박스를 박차고 뛰어나갔다. MJ 패거리를 가만두지 않겠다는 강한 의지가 가슴속 깊은 데서 활활 타오르기 시작했다. 나는 성큼성큼 힘차게 걸었다.

"최선아가 여긴 웬일이냐?"

MJ 옆에서 껌을 씹고 있던 애가 물었다.

"지수, 놔줘라."

나는 가방을 벗어던지며 낮게 힘주어 말했다.

"애고 무서버라. 애들아, 지금 나 떨고 있니?"

MJ가 다리를 건들거리며 말했다. MJ가 나 보란 듯 지수 머리를 우둘투둘한 시멘트벽으로 밀쳤다. 지수가 비명을 지르며 머리를 손으로 움켜잡고 무너지듯 땅바닥에 쓰러졌다. 괜히 지수에게 미안했다. 지수가 해코지당하지 말라고 일부러 멀리한 건데. 방관했던 것은 아닌지 뒤늦은 후회가 밀려왔다.

"나 대신 지수냐?"

나는 이번에도 목소리를 높이지 않았다.

"야, 오버하지 마. 우리는 도둑년을 잡아 왔을 뿐이야. 도둑인 네가 직접 말해 봐."

MJ가 지수 머리카락을 잡아 일으켜 뒤로 젖혔다. 이제 전교생에게 지수가 도둑으로 소문나는 건 시간문제다. 어쩜 동영상을 유포할지도 모른다.

“너도 이 도둑년이랑 한패냐? 아니면 꺼져라. 너까지 도둑년으로 몰린다.”

현지에게 도움을 못 주고 떠나보낸 게 마음에 걸렸던 터다. 내가 당하는 건 견디면 됐다. 무시하면 됐다. 그들은 나에게 폭력을 행사하진 못했다. 친구들이 다치는 건 참을 수가 없다. 지금 지수를 모른 척하면 나는 두고두고 후회할 것 같다. ‘선수로 성공 못 하더라도 저들을 그대로 두어서는 안 돼.’라는 뜨거운 속삭임이 나를 일깨웠다.

‘폭력에 엮이지 마라. 네 꿈을 생각해. 태권도 유단자인 네 주먹은 무서운 무기가 된다는 사실을 잊지 마.’

아빠 목소리가 들리는 듯했다.

‘힘은 이럴 때 쓰라고 있는 거예요.’

아빠 물음에 답했다.

‘지금은 친구를 폭력에서 구해 주는 게 먼저야. 내가 국대 못 되면 어때? 난 내 힘을 쓸 거다.’

마음속 양팔 저울이 지수 쪽으로 확 기울었다.

MJ네는 다섯 명, 나는 혼자다. 다섯 명을 이길 수 있을까? 그때 MJ가 주위를 두리번거렸다. 벽 옆에 세워진 시멘트 블록을 집어

벽을 향해 던졌다. 기선 제압이었다. 블록이 쉽게 부서졌다. 나도 망설이지 않고 블록을 집어 들었다.

"얘, 지금 뭐 하냐? 우리 치려고? 최선아, 넌 그런 짓 하면 안 되잖아. 네 꿈 포기한 거야? 그럼 쳐 봐. 쳐 보라고!"

MJ가 고개를 치켜들고 내 앞으로 성큼성큼 다가왔다. 나는 블록을 바닥에 놓았다. 주머니에서 손수건을 꺼내 손에 감았다.

"얘, 지금 영화 찍냐?"

패거리들이 놀렸다. 나는 망설이지 않고 주먹으로 블록을 내리쳤다. 퍽! 블록이 갈라지며 부서졌다.

"어라?"

애들 눈이 커다래졌다.

"어디 한번 붙어 보자. 그러잖아도 제대로 된 상대가 없어 손이 근질거렸거든. 네 꿈 깨부수고 짓밟아 버리는 것도 색다른 재미일 것 같은데?"

MJ 표정이 표독스러웠다. 드디어 서로 주고받을 힘겨루기만 남았다.

'정말 이길 밖에 없을까?'

다시 마음이 요동쳤다. 그때 MJ 머리 위에 사뿐히 꽂힌 보라색

머리핀이 햇빛을 받아 반짝였다. 내 머릿속에서도 불빛이 반짝했다. 바로 저것이다! 나는 한 치의 망설임 없이 나비처럼 날아올라 MJ 머리핀을 돌려차기로 날려 버렸다. 머리핀이 날아가 벽에 부닥쳐 박살이 나고 말았다.

내가 해냈다. 가슴이 두근거려 터질 것 같았다. 떨어지는 핀 조각을 보는 MJ 눈빛이 크게 흔들렸다. 이런 내 행동을 예상하진 못했을 것이다. 사실 공포에 떤 건 MJ가 아닌 나였다. 행여 내 발길질이 잘못되어 MJ가 크게 다치기라도 했다면? 아찔한 순간이었다. 예전의 자신감이 점점 살아나기 시작했다.

"이건 맛보기! 다음엔 네 머리통?"

나는 눈에 힘을 잔뜩 주어 MJ를 노려봤다. MJ네의 눈빛이 두려움으로 흔들렸다. MJ만 억지로 입술을 앙다물고 마지막 자존심을 잃지 않으려 나를 노려볼 뿐이었다. 그러나 나는 이미 알았다. 두려워하는 MJ 속마음을.

나는 애들 앞으로 한발 다가섰다.

"강민지, 쪽팔려서 어떡하냐? 아영아, 잘 찍고 있지? 이번엔 머리통을 노릴 거니까."

아영이 손에 휴대폰이 보란 듯 들려 있었다. 아영이 용기가 내게 힘을 더했다. 나는 MJ에게 겁을 주려고 머리카락만 스치게 돌려차기 실력을 보여 줬다. 역시 그동안의 연습은 나를 배신하지 않았다. MJ 머리카락이 바람에 휙 날렸다. MJ가 눈을 꼭 감고 머리를 손으로 감싸 안았다.

"아영아, 이번에도 잘 찍었지?"

고개를 끄덕이는 아영이 콧구멍이 벌렁거렸다. 나는 오랜만에 자신감을 회복한 아영이를 향해 고개를 끄덕였다.

"폭력범 되기 싫어 머리칼만 날렸다. 머리통 상하지 않아서 진짜 다행!"

나는 손바닥의 먼지를 털 듯 손뼉을 쳤다. MJ가 눈에 독기를 품고 나를 노려봤다. 지수에게 폭행하고 내 태권도 실력 앞에 당하는 모습이 그대로 찍혔으니 마음이 편치 않을 텐데. MJ는 역시 MJ다. 독기 어린 시선으로 입김을 씩씩 내뿜으며 무섭게 나를 계속 노려봤다.

"곧 고등학생 될 것들이 계속 이런 짓거리 하고 싶냐? 그동안 기분 좋았어? 마음은 편하셨나 몰라."

나는 손가락을 꺾어 우두둑 소리를 냈다. 넉 달 전의 자신감이 완벽하게 살아나고 있었다.

"너희들 지수에게 폭행한 것 다 찍혔거든. 나도 조건이 있어. 지수 소문내지 말고, 너희들 더 이상 나대지 마라. 아니면 이 동영상 세상에 확 뿌린다. 어때? 행여 높은 분들 도움받을 생각 마라. 높은 분들 빽으로 돈으로 지우면 다시 올리고 지우면 또다시 올릴 거야. 인터넷에 완전 도배해 버릴 거니까. 딴맘 먹지 마라."

MJ 입만 쳐다보는 패거리들 얼굴이 굳어졌다. MJ는 아무 말도 하지 않았다.

"아니면, 우선 우리 반 단톡방에나 올려 볼까?"

"지수야, 가자."

나는 지수에게 손을 내밀었다. 지수가 잽싸게 내 손을 잡았다. 우리는 손을 꼭 잡고 천천히 걸었다.

"최선아."

MJ의 떨리는 목소리가 나를 불러 세웠다.

"내 말에 콜?"

나는 획 뒤돌아보며 물었다.

"콜. 약속은 꼭 지켜라."

독종 MJ답지 않은 말투가 낯설었다. MJ도 이제 그동안 당한 애들 기분 이해하려나? 오랜만에 가슴에 얹힌 음식이 내려간 듯 속이 시원했다.

"알았다. 너나 약속 잘 지켜. 동영상은 보험용으로 간직하고 있을게."

"씨팔, 재수 더럽게 없네."

MJ가 욕설을 내뱉었다. 나는 다시 되돌아섰다.

"강민지 넌 입만 열면 욕설이 자동으로 쏟아져 나오냐? 그 더러운 욕설이 고스란히 들어오는 우리 귀도 좀 생각해라."

마지막 쐐기를 박고 돌아섰다. 분위기가 반전된 걸 알아챈 아영이가 내 곁으로 다가와 내 손을 잡았다. 엄청 용기를 낸 아영이를 보며 나도 어깨에 힘이 들어갔다.

우리 셋은 씩씩하게 걸어 공원 벤치에서 뭉쳤다.

"아까 MJ 말 듣고 놀랐지? 나 전학 갈 생각도 했었어. MJ네가 시키는 대로 훔치는 내가 너무 한심해서 견딜 수가 없었어."

지수 목소리가 떨렸다.

"전학이 학폭 해결책이냐?"

아영이가 나보다 먼저 날카롭게 소리쳤다. 아영이 그런 모습에 웃음이 나왔다.

지수가 손톱을 물어뜯었다. 깎을 손톱이 0.01mm 여유도 없어 보였다. 부은 손가락 끝을 보며 MJ 패거리들이 더 미워졌다. '얼마나 힘들었을까? 얼마나 아팠을까?' 생각하는데 아영이가 먼저 지수 손을 두 손으로 꼭 감쌌다.

"죽고 싶었어."

"그 말 당장 취소 못 해?"

나는 딱 소리가 나도록 등짝 스매싱을 날렸다.

"그래 취소."

지수가 금방 꼬리를 내렸다.

"이젠 선아 곁에 껌딱지처럼 붙어 있을 거야. 지수 너도 그럴 거지?"

아영이가 손을 잡고 흔들었다.

"오케이!"

밝은 지수 목소리가 듣기 좋았다. 나는 지수 눈을 똑바로 쳐다봤다.

"너 그러다 진짜 큰일 날 뻔했잖아. 지금이 바로 MJ와 손을 뗄, 딱 그때야."

지수가 고개를 끄덕였다. 나는 아영이가 계속해서 쥐고 있는 지수 손을 힘주어 꼭 잡았다.

"가슴에 얹힌 바위를 내려놓은 것같이 후련해. 선아야, 정말 고마워. 아영이 너도 고마워."

"나도 그동안 죽을 맛이었어. 배신자가 된 기분, 정말 더럽고 견디기 힘들었어."

아영이 얼굴이 부끄러움으로 붉게 물들었다.

"아영이 너도 오늘 큰일 했어. 지수 너도 잘했어. MJ 무리들, 무너지는 것 아까 직접 봤잖아. 내가 너희들 방패가 될게. MJ 무리들처럼 괴롭히는 창이 되려는 건 절대 아니야."

내 말에 지수와 아영이가 양쪽에서 내 손을 잡았다. 그래 이 느낌이었지? 이 따뜻함이었어. 코끝이 찡해져 왔다. 내 성질대로 했다면 돌려차기, 이단 옆차기, 날아차기 등 혼내 줄 방법은 많고 많았다. 그래도 최선아 잘 참았다. 힘이 있는데도 참아 낸 내가 대견했다.

'정면 돌파.'

거실 벽에 걸린 우리 집 가훈이 눈앞을 스쳐 지나갔다.

용기를 내준 아영이도 지수도 잘했다.

'정정당당하게 정면 돌파한 최선아도 잘했다.'

내 가슴을 토닥였다.

미루지 않고, 피하지 않고, 지수를 도와준 것. 태권도 국대! 내 꿈을 포기하지 않고 다시 찾은 것도 잘했다. 내일 아닌 오늘, 나중 아닌 지금 해서 더 잘했다. 참 잘했다.

열여덟 인생 최악의 시간이었다.
시간을 되돌릴 방법은 자퇴뿐일까.

자퇴하고 싶은 날

전은희

마지막 추가 시간이 주어졌다. 시우는 필사적으로 키보드를 두드리고 마우스를 움직였다. 중학교 때부터 갈고 닦은 현란한 스킬로 앞을 가로막는 몬스터들을 빠르게 해치웠다. 이번 판을 이겨서 거점을 차지하면 게임 레벨이 확 올라간다. 드디어 목적지가 코앞이다. 시우는 잔뜩 긴장해서 더 빠르게 마우스를 움직였다. 조금만 더 가면 승리다. 그 순간 시우의 게임 캐릭터가 맥없이 쓰러졌다.

"으악~ 안 돼!"

시우가 저도 모르게 탄식을 내뱉었다. 분명 이번에는 이길 것으로 확신했는데 허망하게 지고 말았다. 시우가 패배의 충격에서 허우적거리는 동안 모니터에 굵은 글자가 나타났다.

추가 시간 종료

패배!

순간 시우는 머리를 세게 얻어맞은 것만 같았다. 패배, 패배자! 이건 게임 속 시우가 아닌 현실의 시우에게 하는 말이 분명했다. 시우는 오전에 치른 수학 시험에서 완벽하게 패배자가 되었다. 시우가 망쳐 버린 수학 시험에서 빠져나오려고 발버둥을 치면 칠수록 더 깊숙이 빨려 들어갔다. 점점 더 또렷하게 시험지가 떠올라 미칠 것만 같았다. 도대체 어쩌자고? 중요한 수학 시험을 …….

"으아악!"

시우는 양손으로 머리를 마구 쥐어뜯으며 소리 질렀다. 스스로를 도저히 용서할 수 없었다.

"우이씨, 깜짝이야. 괜찮냐?"

옆자리에서 게임을 하던 재혁이가 흠칫 놀라며 물었다.

"너 같으면 괜찮겠냐?"

시우는 주체할 수 없는 짜증을 재혁이에게 쏟아 냈다. 재혁이는 시우를 빤히 쳐다보고는 사뭇 진지하게 대꾸했다.

"나라면? 그런 실수는 생각하기도 싫지."

그러고는 다시 게임에 몰두했다. 시우는 한번 짜증을 쏟아 내고 났더니 조금은 마음이 풀린 것만 같았다. 그래서 잠자코 재혁이가 하는 게임을 지켜봤다. 재혁이는 시우가 게임을 끊은 두 달 사이에 눈부시게 실력이 늘었다. 어찌나 현란하게 키보드와 마우스를 움직이는지 쳐다보는 사람이 다 어질어질했다. 문득 새로운 게임을 할 때마다 변함없이 리셋 되는 게임 속 세상이 부러웠다. 매번 새롭게 시작되는 게임처럼 망친 시험도 다시 볼 수 있으면 얼마나 좋을까?

오늘 3교시 수학 시험은 열여덟 인생 최악이었다. 시우는 스스로 수학을 꽤 잘하는 편이라 자부했다. 시우가 수학을 좋아하는 이유는 숫자를 가지고 노는 것도 즐겁고, 고민하던 문제가 풀릴 때 느끼는 짜릿한 성취감 때문이었다. 유독 이번 중간고사 수학 문제는 잘 풀렸다. 시험을 보는 내내 느낌이 좋았다. 짧은 시간 내에 시험지에 있는 모든 문제를 푸는 것은 시간을 버리는 짓이다. 시우가 손도 대지 않는 문제들은 어차피 다른 애들도 풀지 못할 게 뻔했다. 일단 풀 수 있는 문제만 완벽하게 풀어내면 된다. 이대로라면 수학은 전교 1등이다. 시우가 잔뜩 들떠서 풀 수 있는 마지막 문제까지 깔끔하게 풀었을 때였다.

“3분 남았다. 답안지 걷게 준비해.”

감독 선생님이 시험 시간이 끝나 감을 알렸다. 시우는 서술형 답안지를 마무리하고 느긋한 마음으로 앞면의 객관식 답안지를 확인했다. 그러고는 모든 것이 멈췄다.

얼마나 놀랐는지 지금 생각해도 목덜미가 서늘해졌다. 분명 객관식 답을 마킹했다고 생각했는데 앞면의 객관식 답안지가 텅 비었다. 답안지를 든 시우 손이 파르르 떨렸다. 당장 마킹해야 하는데 손이 바들바들 떨려 아무것도 할 수 없었다.

“모두 손 머리 위로!”

감독 선생님이 외쳤다. 그리고 시험이 끝났음을 알리는 종이 울렸다. 시우는 이렇게 허망하게 수학 시험을 포기할 수 없었다.

“자, 잠깐만요. 아, 아직이요.”

무작정 입을 열었다. 2학년 6반 모두가 일제히 시우를 쳐다봤다.

"김시우, 그만!"

감독 선생님이 성큼성큼 다가왔다. 시우는 손바닥으로 힘껏 답안지를 누르고 선생님을 쳐다봤다. 제발 5분, 아니 3분만 달라고 간절하게 눈으로 애원했다. 시우 눈빛이 얼마나 애처로웠는지 선생님의 표정이 살짝 누그러지는 것 같았다. 하지만 어디선가 볼멘소리가 터져 나왔다.

"샘! 빨리 걷어요."

누구 목소리지? 시우가 돌아볼 틈도 없이 답안지는 선생님 손으로 넘어갔다. 시우는 그 순간 여름 방학 내내 독서실에 틀어박혀서 수학 문제를 풀던 시간을 떠올렸다. 이렇게 허망하게 시험을 망칠 줄 알았으면 잠이나 실컷 잘걸 억울했다. 억울해서 미칠 것만 같았다. 그렇게 최악의 수학 시험을 보았다. 단 한 번의 실수로 대학 입시에 환하게 켜졌던 그린 라이트가 꺼졌다. 온통 빨간색으로 변해서 원하는 대학에 갈 수 없었다. 시우는 불안한 미래 때문에 속이 까맣게 타들어 갔다. 쓰나미처럼 몰려오는 불안감에 다리를 덜덜 떨었다.

"야, 너 때문에 집중이 안 되잖아. 다리 좀 그만 떨어."

재혁이가 시우를 발로 툭 쳤다. 그제야 정신을 차린 시우가 벌떡 일어나서 다급하게 말했다.

"나 먼저 갈게."

"왜?"

재혁이가 눈이 동그래져서 시우를 쳐다봤다. 시우의 눈동자가 몹시 초조하게 흔들렸다. 심상치 않은 분위기를 눈치챈 재혁이는 곧바로 튀어나왔다. 재혁이는 도망치듯 피시방을 빠져나가는 시우에게 착 달라붙어서 말을 걸었다.

"우리 밥 먹으러 가자. 너 때문에 점심도 안 먹었더니 배고파 죽겠어."

시우는 일생일대에 중차대한 실수를 한 날에 밥이 넘어갈 것으로 생각하는 재혁이가 한심스러웠다. 하긴 재혁이는 똥 마려운 것도 참고 치킨 하나 더 먹는 애다. 재혁이가 고등학교에서 제일 맘에 드는 것은 급식이라고 했다.

"너나 많이 먹고 쑥쑥 자라라."

시우는 한심한 마음에 빈정대듯 대꾸했다. 그러자 재혁이가 웃기지도 않는 농담으로 받아쳤다.

"하긴 수학을 제대로 망친 날에 밥 먹기는 억울하지. 치킨이나 라면을 먹어야지."

그런데 정말 어이없이 치킨이라는 말에 시우 입안에 침이 고였다. 솔직히 오늘 한 끼도 안 먹어서 배가 고프다 못 해 쓰려 오고 있었다. 그렇다고 정말로 치킨을 우적우적 씹는 것은 좀 웃길 것 같았다. 그래서 라면을 선택했다. 시우는 못 이기는 척 재혁이를 따라 편의점으로 들어갔다. 컵라면 한 개가 순식간에 사라졌다. 시우가 국물까지 탈탈 털어 마셨다.

"꺼억! 이제 좀 살 것 같다."

"그러니까 진즉에 내 말 듣고 밥을 먹었어야지. 다 잘 먹고 잘 살자고 공부하고 대학 가는 건데 그깟 수학 시험 한 번에 밥을 굶고 그러냐!"

"박재혁, 너 그런 말 할 때마다 진짜 재수 없어."

시우가 발끈해서 재혁이를 못마땅하게 쳐다봤다. 그러자 재혁이가 어깨를 으쓱하고는 알았다는 듯 순순히 말을 돌렸다.

"알았어. 오늘은 특별한 날이니 내가 참는다. 이제 너도 나랑 같이 정시파로 합류하는 거지?"

시우는 재혁이의 말에 뜨끔했다. 오로지 오늘 일어난 비극이 왜 하필 자신에게 일어났는지 생각했을 뿐 다른 생각은 안 해 봤다. 시우는 문제의 해결책을 즉시 생각하고 미래의 시나리오를

짤 만큼 계획형은 아니었다. 이제부터 앞으로 어떻게 해야 할지 생각해 봐야 했다. 재혁이는 침묵하는 시우가 불안한 듯 재차 되물었다.

“나랑 같이 수능 공부할 거지? 설마 자퇴하고 뭐 그런 거 아니지?”

“자퇴, 그래 자퇴가 있었지!”

시우는 순간 숨통이 확 트이는 기분이었다. 어떻게 하면 이 난관을 극복해 나갈까 답답한 마음뿐이었는데 자퇴라는 환한 탈출구가 있었다.

“고맙다. 친구야!”

“뭐? 이건 아니지. 나랑 같이 정시파 해야지.”

웬만해서는 놀라지 않는 재혁이가 허둥지둥 대답했다. 고등학교에는 수시파와 정시파가 있다. 수시파는 시우처럼 내신으로 대학을 준비하는 일반적인 아이들을 말한다. 그들은 3년 내내 중간, 기말고사에 일희일비하면서 각종 수행평가와 교내 대회를 살뜰하게 챙긴다. 반면 정시파는 재혁이처럼 중간 기말에 크게 연연하지 않는다. 오로지 수능에만 모든 걸 맡긴다. 가끔 자기 실력을 점검한다고 국영수에 열을 올릴 때가 있지만 오직 모의고

사만 집중 공략한다.

시우는 오늘부로 수시파는 강제로 포기되었다. 정시파와 자퇴 둘 중 하나를 선택해야 원하는 대학에 갈 수 있다. 한번 자퇴라는 단어가 머릿속에 들어오니 생각이 조금씩 자퇴로 기울기 시작했다. 지금껏 왜 우물 안 개구리처럼 학교 시험 안에서만 살았는지 갑자기 후회가 밀려올 때였다. 딩동! 문자 알림음이 울렸다.

- 내일 시험 끝나고 동아리실에서 모이자.

'맞다. 드론 동아리 연습.'

시우는 시험 때문에 까맣게 잊고 있던 드론 동아리가 떠올랐다. 내일 시험이 끝나면 본격적으로 드론 비행쇼를 연습하기로 했었다. 드론 동아리는 시우가 학교에 들어와서 만든 자율 동아리로 유독 애정이 많이 갔다. 시우는 입술을 잘근잘근 씹으며 열심히 살아온 2년간의 고등학교 생활을 떠올렸다. 이제는 드론 동아리도 수행평가도 다 쓸데없는 짓이 되었다. 수학 시험 한 번에 모든 것이 허망하게 끝났다고 생각하니 텅 빈 깡통이 된 기분이었다.

"너, 진짜 자퇴할 거야? 농담이지? 부모님을 설득할 자신은 있고?"

시우를 빤히 쳐다보던 재혁이가 현실을 일깨웠다. 시우는 엄마랑 아빠를 생각하니 절로 한숨이 나왔다. 공부는 시우가 하고, 대학도 시우가 가는데 넘어야 할 산은 많고도 많았다.

"어떻게 할지 고민하는 동안은 엄마한테 비밀이다."

시우는 후다닥 재혁이의 입단속부터 했다. 재혁이 엄마와 시우 엄마는 절친이고 둘은 같은 아파트에 산다. 그러니 재혁이 입단속은 필수이다.

"알았어. 말 안 할게. 하지만 너도 알다시피 엄마들은 정보력이 엄청 빠르다."

시우도 잘 알고 있다. 재혁이가 비밀로 해도 엄마는 어떻게든 알게 될 거다. 그러니 빠른 시일 내에 이실직고해야 편하다.

"그런데 시우야, 너 할 말 다 했으면 나는 게임 한 판 더 하러 간다. 너도 콜?"

재혁이는 정말 못 말린다. 진지한 분위기 깨는 데는 탁월한 능력이 있다. 시우는 피식 웃음이 났다. 이래서 재혁이가 좋다. 재혁이와 같이 있으면 웃게 된다.

재혁이도 중학교 때는 아주 예민했던 시기가 있었다. 더 나은 미래를 위해 과학고에 가겠다고 온갖 시험과 과학 대회에 전전긍긍했었다. 그런데 과학고 면접에서 떨어진 뒤로 돌변했다. 시우는 그때가 생각나서 재혁이에게 슬쩍 물었다.

"박재혁, 너 이제는 로봇 만드는 거 포기했냐? 중학교 때는 과학고 못 가서 생난리를 쳤잖아. 그런데 지금은 왜 이렇게 느긋하냐?"

"왜긴. 그때 최선을 다해 봤으니까 이렇게 살지."

재혁이는 알 듯 말 듯한 말을 하고 피시방으로 다시 입장했다. 시우는 저렇게 해서 수능을 잘 볼 수 있을지 내심 걱정됐다. 하지만 지금 남 걱정할 때가 아니었다. 진즉부터 시끄럽게 울리는 엄마 전화를 피할 수만은 없었다. 벌써 다섯 번째 전화이다. 시우는 마지못해 전화를 받았다.

"무슨 일 있어? 왜 이렇게 전화를 안 받아?"

엄마가 빠르게 물었다. 시우는 차마 오늘 일을 말할 수 없어 침묵했다.

"시우야, 시험은 잘 봤어?"

아무 대답도 안 했다. 거짓말을 할 수도 없고, 사실대로 말할 수도 없으니까 말이다.

"괜찮아. 다음에 잘 보면 돼. 집에는 언제 올 거야?"

엄마가 조심조심 시우 비위를 맞췄다. 엄마는 웬만하면 시우 편이었다. 엄마한테 툭 터놓으면 마음이 편할까? 아니다. 엄마가 시우 편이기는 하지만 너무 큰일이라 어떨지 모른다.

"공부하고 갈게요."

시우는 후다닥 전화를 끊고는 독서실 대신 산책로로 향했다. 터벅터벅 걸으며 내일 볼 물리와 영어 시험 생각을 했다. 내일이 시험인데 공부를 안 하려니 양심에 찔리긴 했지만 공부할 기분은 아니다. 시우는 마치 바람에 나뒹구는 비닐봉지처럼 산책로를 흐느적거리며 배회했다. 얼마나 걸었을까? 어떤 사람이 계속 산책로를 뱅글뱅글 돌 듯 뛰어다녔다. 시우 곁을 스쳐 지나가는 모습이 어딘지 익숙한 느낌이었다.

"최동준!"

시우는 긴가민가하면서도 이름을 불렀다. 그러자 달리던 사람이 뒤를 돌아보았다. 동준이가 맞았다.

"너 여기서 뭐 해? 너 종합 학원 들어간 거 아니었어?"

"답답해서 운동 중이야. 그러는 너는 여기서 뭐 해?"

동준이가 시우를 보고 환하게 웃었다.

"나도 운동해."

시우는 대충 얼버무리고 동준이를 빤히 쳐다봤다. 동준이는 지금은 학교에 다니지 않는다. 1학년 내내 쭉 전교 1등이었는데 올봄에 4월 중간고사를 망치고 자퇴했다. 동준이는 독종 중의 독종으로 유명했다. 시험 기간이면 며칠 밤새워서 공부하고 응급실에 실려 가는 일도 다반사였다. 전교 1등의 자퇴는 아이들에게 큰 충격이었다. 우리는 동준이가 망친 중간고사 성적을 깨끗하게 없애려고 자퇴했다는 사실에 충격받았다. 동준이는 내년에 새롭게 2학년으로 복학해서 다시 시작한다고 했다. 이후 몇 명의 아이들이 혼자서 공부하겠다며 학교를 떠났다.

시우는 솔직히 학교에 자퇴를 유행시킨 동준이가 마음에 들지 않았었다. 그런데 지금은 동준이의 흘러넘치는 자유와 자신감이 부러웠다.

"같이 달릴래?"

동준이가 이마에 맺힌 땀을 닦으며 물었다. 시우는 고개를 절레절레 흔들고 말을 건넸다.

"오랜만이다. 어떻게 지내?"

"놀고 공부하고 공부하고 놀고 그렇지 뭐."

독종 동준이가 예전 같으면 절대로 안 했을 말장난을 했다. 시우는 동준이가 학교를 벗어나니 훨씬 여유로워진 것 같아 좋아 보였다. 성적표의 리셋을 선택한 동준이가 부러웠다. 시우는 이제껏 이렇게 진지하게 자퇴를 고민한 적은 없었다. 재혁이는 오직 밥을 먹으러 학교에 온다고 매번 큰소리치지만, 시우는 학교에 와서 친구들이랑 점심 먹고, 동아리 모임도 하고, 쓸데없는 농담 따먹는 게 즐거웠다. 가끔은 선생님들과 주고받는 티격태격 실랑이도 괜찮았다. 그래서 학교를 그만둘 생각은 한 번도 안 했다. 하지만 이제는 그만둘 강력한 이유가 생겼다. 어떻게든 망쳐버린 시험의 흔적을 지워야 했다.

"너, 자퇴하니까 엄청 자유롭고 좋지?"

"갑자기 왜? 너도 자퇴하려고?"

"어, 아니? 어."

시우는 단번에 자신을 꿰뚫는 동준이 때문에 당황스러웠다. 동준이가 얼굴이 빨개진 시우를 보면서 피식 웃었다. 순간 시우는 깨달았다. 동준이 표정을 보니 이미 학교에 소문이 났다. 바람보다 빠른 소문이 2학년 전체에 시우의 불운을 퍼트린 게 분명했다. 소문은 부글부글 끓어 넘쳐서 학교 밖 동준이에게까지 닿아 있었다.

"혹시 내 얘기 들었어?"

"응. 아까 애들이 알려 줬어. 그런데 시우 너는 자퇴해도 복학은 안 돼! 2학년을 절반도 넘게 다녔으니까 지금 자퇴하면 검정고시밖에 답이 없어."

"누가 너보고 그런 걱정해 달래."

시우는 저도 모르게 툴툴대듯 말이 나왔다. 동준이가 기다렸다는 듯 너무도 친절하게 자퇴와 검정고시에 대해 알려 주는 게 못마땅했다. 마치 시우가 수학 시험 망치기를 기다리기라도 한 것처럼 느껴졌다.

"미안. 나는 애들이 너도 자퇴하는 거 아니냐고 걱정하길래 말했을 뿐이야."

"애들이 나를 걱정한다고? 내가 시험 망쳐서 자기들 성적 올라가니까 좋아하는 거 아니고!"

시우는 또 삐딱하게 말이 나갔다. 동준이 표정이 딱딱하게 굳었지만 상관없었다. 그렇게 걱정되는 애들이 전화 한 통, 문자 한 통 안 보내고 뒤에서 수군대고 있다는 말에 화가 났다. 시우는 휙 돌아서서 집으로 냅다 달렸다.

집에 오자마자 그동안의 성적표를 놓고 계산기를 두드렸다. 그리고 바로 현실을 깨달았다. 지금부터 아무리 노력해도 안 되는 것은 안 된다. 시간을 되돌릴 방법이 없다면 최선의 선택을 해야 한다.

'재혁이처럼 학교에 다니면서 수능 공부를 선택해야 할까? 아니면 동준이의 충고처럼 자퇴하고 검정고시를 준비할까?'

내일 남은 시험 따위는 시우 머릿속에서 떠난 지 오래였다. 시우는 밤새 컴퓨터로 검정고시를 통과한 후 수능을 보는 방법을 검색했다. 검정고시로 고등학교 졸업 자격을 획득하려면 중간고사 끝나고 바로 자퇴를 준비해야 했다. 그렇지 않으면 1년 쉬었다가 다음 해에 검정고시를 봐야 해서 시간이 없었다. 시우는 밤새 자신이 원하는 대학에 가려면 자퇴가 절실하다는 결론을 내렸다. 그렇게 결정하고 나니 마음이 편안해졌다.

그래서 아침에 엄마가 흔들어 깨울 때까지 단잠을 잤다.

"시우야. 빨리 일어나! 이러다 지각하겠어."

시우의 마음을 알 턱 없는 엄마는 학교까지 차로 데려다주면서 응원했다.

"마지막까지 파이팅!"

시우는 앞으로 엄마가 놀랄 생각을 하니 걱정이 되었지만, 일단은 교실로 향했다. 이제 학교에 오는 일도 얼마 남지 않았구나 싶으니 아쉬운 마음이 스멀스멀 올라왔다. 하지만 이미 결정한 대로 자퇴가 최고의 선택이라는 마음에는 변함이 없었다.

"굿모닝!"

먼저 온 재혁이가 기분 좋게 인사했다.

"굿모닝."

시우도 한결 여유롭게 대답했다. 그런데 재혁이 옆에 딱 붙어 있던 7반 수빈이가 시우에게 달려왔다. 시우는 반사적으로 도망치려 했지만 늦었다. 수빈이에게 꼼짝없이 잡히고 말았다.

"김시우! 어제는 잊고 오늘은 산뜻하게 시작하는 거야. 나는 네가 오늘 안 나올 줄 알고 진짜 걱정했다."

수빈이는 드론 동아리의 조장이다. 4명 밖에 없는 동아리에서 시우마저 빠지면 드론 쇼가 거의 불가능하다. 곧 있을 축제에서 드론 쇼를 펼치기로 했으니 시험이 끝나고 본격적으로 연습해야 한다. 어차피 바뀌지 않을 결심이니 수빈이에게 빨리 말을 해야 한다.

"나 동아리 빠질 거니까 다른 애 구해."

"김시우, 우리 사이에 이러면 안 되지. 이 형님이 오늘만 봐줄 테니 내일부터 동아리 모임에 꼭 나와라."

수빈이는 시우에게 신신당부하고는 자기 반으로 돌아갔다. 그러자 이번에는 재혁이가 은근슬쩍 다가왔다.

"시우야, 너 진짜 잘 생각했다. 이제 동아리랑 수행평가는 모두 버리고 수능만 준비하자. 너는 그동안 너무 시험에 얽매여 살았어. 중간고사 끝나고 돌아서면 수행평가, 돌아서면 기말고사였잖아. 숨돌릴 틈이 없었지. 이래서 내가 수능을 보려고 하는 거라고. 3년 내내 가슴 졸이는 것보다 자유롭게 학교 다니다가 딱 한 번 수능에 올인하는 거지."

"오~ 박재혁! 개논리인데 개멋져!"

아이들이 재혁이에게 박수를 보냈다. 시우는 수능도 단 한 번의 시험으로 대학을 결정하는 모순투성이 제도라고 말하려다 그만뒀다. 재혁이의 궤변을 듣고 있으면 또 그럴듯하다는 생각이 들었기 때문이다. 기분이 나아진 시우는 모처럼 장난기가 발동했다.

"재혁아, 너는 수능파라면서 왜 항상 시험은 늘 제대로 보냐?

너 혹시 수능에 자신 없으니까 보험으로 내신도 챙기는 거 아냐? 내가 너라면 학교 시험은 한 번호로 다 찍고 엎어져서 자겠다. 다른 애들을 위해서 말이야."

"노! 노! 노! 그건 아니지! 너 수학 한 번 망쳤다고 머리가 어떻게 된 거 아니냐? 그래도 시험에 대한 예의는 갖춰야지. 그리고 또 아냐? 내가 공부한 것만 나와서 시험을 엄청나게 잘 보는 날이 있을지."

"정신 차려! 그런 일은 없어."

"나도 알아! 그런데 너 잊지 마라. 이번 영어 점수로 나랑 치킨 내기한 거."

"아! 치킨!"

시우는 중학교 때부터 시험 성적을 두고 치킨 내기를 하면서 힘든 시험 기간을 즐겼다. 이번에는 재혁이와 영어 점수로 치킨을 걸었었다. 시우가 늘 수학으로 이기니까 억울하다고 해서 이번에는 재혁이가 잘하는 영어로 바꿨다. 시우는 재혁이에게 그동안 얻어먹은 치킨을 갚고 싶어서 흔쾌히 받아들였다. 그런데 수학 시험 때문에 까맣게 잊고 있었다.

"김시우! 너 영어 시험 제대로 안 보고 치킨 사면 반칙이다. 그러면 치킨 두 마리 먹을 줄 알아."

재혁이는 마지막 말에 힘을 꽉 줬다. 순간 시우는 망했다 싶었다. 남은 용돈이 얼마인지 떠올리려 애썼다. 재혁이라면 정말 두 마리 먹을 수도 있다. 치킨 때문에 시우의 버킷리스트 중 하나를 포기하기에는 너무나 억울했다.

시우는 학교를 졸업하기 전에 꼭 한 번은 답을 한 번호로 쭉 찍고 당당하게 엎어져 자고 싶었다. 고3들이 대학에 필요한 성적이 마무리되는 시점에 흔히들 하는 장난이었다. 고등학교 3년 동안 성적으로 받은 스트레스를 푸는 소심한 놀이였다. 시우는 고3 마지막 시험 때 어떤 과목으로 할지 미리 정해두기까지 했었다. 그런데 자퇴하면 지금이 마지막 학교 시험이다. 시우는 영어 시험지를 앞에 두고 갈등에 빠졌다. 시험 보는 시늉이라도 내고 치킨을 한 마리만 쏠 건지 3번으로 쭉 찍고 두 마리를 쏠 건지 고민했다. 시우는 영어 시험지를 쓱 훑어봤다.

'젠장! 오늘따라 아는 문제가 왜 이렇게 많은 거지.'

시우는 컴퓨터용 사인펜을 들고 심호흡했다. 그리고 어제 마킹을 못 한 한이라도 풀 듯 쓱쓱 3번으로 모두 마킹했다. 한 줄로 정리된 답안지를 보니 씁쓸한 웃음이 나왔다. 시우가 자퇴하면 재혁이가 서운해할 테니 치킨을 두 마리 쏘는 것도 괜찮은 일 같다고 생각하며 기분 좋게 책상에 엎드렸다.

엄마들은 가끔 필요 이상의 의협심이 생기는 것 같다. 특히 남의 집 아들이 사고 친 것은 112에 범인 신고하듯 빨리 알려 준다.

"너 미쳤어? 자퇴? 그깟 수학 시험 한 번 망쳤다고 자퇴해!"

재혁이와 신나게 게임을 하고 들어가자마자 엄마가 펄쩍 뛰었다. 시우는 상황 파악을 위해 동생 연우를 쳐다봤다. 연우가 입 모양으로 뭐라고 말하는데 도무지 모르겠다. 하지만 상관없다. 지금은 엄마가 어떻게 알게 되었는지보다 알았다는 것이 더 중요하니까.

"너 여기 좀 앉아 봐. 앞으로 어떻게 할 생각이야?"

웬일로 일찍 퇴근한 아빠까지 집에 있었다. 시우는 조용히 아빠 앞에 앉았다. 그리고 아빠 표정을 유심히 살폈다. 아빠는 벽 같은 사람이었다. 작은 못 하나 박히지 않는 단단한 콘크리트 벽. 아빠의 표정을 보니 최근에 일어난 일련의 상황을 알고 있었다. 시우는 어차피 벌어진 일 적극적으로 설득하고 빨리 상황을 마무리해야겠다고 마음먹었다.

"아빠, 이번에는 진짜로 공부 열심히 했어요. 그래서 잔뜩 기대했는데 수학을 제대로 망쳤어요. 그래서 자퇴하려고요."

"자퇴하고 뭐 할 건데?"

"검정고시를 보고 수능 준비하려고요."

"그걸 왜 혼자 결정해? 학생이 당연히 학교에 다니면서 공부해야지 누구 맘대로 자퇴해? 안 돼!"

아빠가 단단하게 벽을 쳤다. 시우 말이 아빠에게 가 닿기도 전에 튕겨 나오는 듯했다. 시우는 더 단단하게 망치질해야겠다고 생각했다. 그래야 벽에 구멍이 뚫리고 못이 박힐 테니 말이다.

"아빠가 입시를 몰라서 그래요. 지금 내신으로는 내가 원하는 대학 절대 못 가요. 지금은 자퇴밖에 방법이 없어요. 지금 자퇴하지 않으면 1년을 더 버리게 된단 말이에요."

"자퇴하면 잘할 자신은 있고? 너는 꼭 중요한 순간에 욕심을 내서 망치더라. 너는 의지가 약한 아이야. 빨리 포기하는 스타일이란 말이야. 물론 처음에는 바짝 열심히 하겠지만 길게 가는 것은 힘들잖아. 그런 네가 혼자서 검정고시 준비하고 수능 준비를 할 수 있다고?"

시우는 묵묵히 듣고 있으려고 했는데 아빠가 자꾸 비난하자

울컥해서 말이 격해졌다.

"그건 과거잖아요. 이번에는 정말 잘할 수 있어요. 아빠도 무조건 안 된다고만 하지 말고 요즘 애들 상황 좀 알아보세요. 자퇴하는 애들 엄청 많단 말이에요."

"나도 알아! 자퇴하는 아이들 많다는 거. 꼭 필요하면 해야지. 하지만 더 생각해 봐. 그런데 너는 도대체 무슨 정신으로 마킹을 했길래. 이런 일을 만든 거야. 그런 정신으로 앞으로 잘도 하겠다."

아빠는 화가 나서 더 강하게 시우를 비난했다. 시우는 아빠와는 더 이상 대화가 되지 않을 거라는 걸 깨달았다. 아빠는 처음부터 시우 말을 들을 생각이 없었다.

"진짜, 속상한 건 나라고요. 자퇴해서 학교 성적 따위는 잊고 새롭게 다시 공부할 거란 말이에요. 그리고 내 인생이에요! 내년에 아이들과 같이 수능을 치르려면 검정고시 접수 기간이 시작되기 전에 빨리 학교를 그만둬야 한단 말이에요."

시우는 격앙되어 소리를 질렀다. 집안 분위기가 살얼음판처럼 아슬아슬했다.

"둘 다 그만둬! 시우는 방에 들어가라."

옆에서 조마조마하게 지켜보던 엄마가 나섰다.

시우는 주말 내내 방에 틀어박혀 있었다. 거실에 나가서 가족들을 만나기 불편했다. 엄마는 시우만 보면 무언가 말을 하려다 꾹 삼켰다. 전화 통화를 하다가 시우가 나가면 문을 꽉 닫고 들어갔다. 엄마는 먼저 아이를 대학에 보낸 지인들에게 정보를 얻는 분위기였다. 시우는 엄마가 있던 자리에서 부지런히 돌아가는 선풍기를 멍하니 바라봤다. 엄마는 가을인데도 열이 나는지 선풍기를 틀고 있었다.

"오빠, 꼭 이렇게 해야 해? 오빠가 집안 분위기 엉망으로 만들어서 나만 우리 오빠들 콘서트 못 가잖아."

연우가 짜증을 냈다.

"쪼그만 게 연예인에 빠져서 진짜 오빠인 나보다 연예인을 더 좋아하냐? 넌 오빠 걱정도 안 되냐?"

"내가 왜 오빠 걱정을 해? 오빠 꿈은 돈 많이 버는 거잖아. 오빠는 돈 많이 벌어서 맛있는 거 맘대로 사 먹는 게 꿈이라고 했잖아. 오빠, 차라리 맛있는 거 맘껏 먹을 수 있는 주방장을 해라".

시우는 연우의 말에 피식 웃음이 났다. 어릴 적 연우와 시우 꿈은 문구점 주인이 되어 장난감을 맘대로 가지고 노는 거였다. 하지만 이제는 문구점 주인은 장난감을 팔아야 해서 가지고 놀지 못한다는 것을 안다.

"너는 중학교 2학년이나 돼서 그런 소릴 하고 싶냐? 그러는 너나 기획사에 취직해서 좋아하는 연예인 맘껏 만나라."

"정말? 그거 진짜 좋은 생각이다. 나 오늘부터 어떻게 하면 기획사에 들어가는지 알아봐야겠다."

시우는 철없는 연우가 부러웠다. 시우도 중학생 때는 인생을 지금처럼 심각하게 고민하지 않았다. 친구들과 무엇을 하고 놀아도 지금처럼 불안하지 않았다. 고등학생이 되면 죽도록 공부해야 하니 미리 놀아 두자는 아이들도 많았다. 그때는 고등학생이 되면 저절로 폼 나는 대학생이 되는 줄 알았는데 아니었다. 뼈를 깎는 고통이 따르는 걸 어려서 몰랐다.

"나는 오빠가 우리 오빠들처럼 하고 싶은 거 하는 거에 찬성이야. 우리 오빠들은 학교 안 다니고 연습생 하다가 성공한 사람 많아. 오빠는 뭐가 되고 싶어서 학교 밖으로 나가는 거야?"

시우는 학교 밖으로 나간다는 말이 무척 생소하게 들렸다. 지금 자신이 학교 밖으로 나가려 한다는 걸 마치 처음 깨달은 것만 같았다. 당황한 마음을 숨기고 싶어서 연우에게 괜한 면박을 주었다.

"으이구! 너는 연예인은 우리 오빠이고 나는 그냥 오빠냐?"

"메롱! 우리 오빠들이 더 멋있잖아."

연우는 혀를 쏙 내밀고 방으로 들어갔다.

시우가 자퇴하려면 아빠의 허락만큼 담임의 허락도 중요하다. 담임은 30대 초반의 젊은 남자인데 고지식하기로 유명했다. 담임은 지금 근무하는 K고에서 완벽한 교사가 되겠다고 안간힘을 쓰는 중이다. 담임이 생각하는 완벽한 교사는 학생들에게는 최악의 교사였다. 지나치게 학생들한테 관심이 많아서 모든 걸 통제하려고 했다. 역시나 담임은 월요일 아침부터 시우를 찾았다.

"부르셨어요?"

"내가 왜 불렀는지 알지?"

"네."

담임과 시우 사이에 어색한 침묵이 흘렀다. 누가 먼저 말할지 서로 눈치를 보다 담임이 먼저 입을 열었다.

"나는 이런 학년 처음 본다. 지금 2학년은 자퇴가 유행이라도 되는 거야? 어떻게 된 애들이 시험 한 번 잘못 보면 죄다 학교를 그만둔다고 난리를 치는지. 학교가 성적만 받으러 오는 곳이야?"

담임이 과하게 목소리를 높였다.

"네. 대학을 가기 위해 고등학교에 다니는 것 맞잖아요."

"뭐? 야, 너 원래 이런 놈 아니잖아. 학교가 재미있다고 했잖아."

"그때는 그랬지만 지금은 아니에요. 이번 실수가 제 인생에서 얼마나 큰 데미지라는 걸 선생님도 잘 아시잖아요."

시우는 최대한 정중하게 대답했다. 최대한 정중한 대화로 담임을 화나게 할 생각이었다. 그렇지 않으면 몇 번씩 반복되는 같은 말을 들어야 할 게 뻔했다.

"시우야, 학교에서는 공부 말고도 배울 게 많아."

"저도 알아요. 그래서 꼭 자퇴하겠다는 건 아니에요. 저도 학교 다니고 싶어요."

"그럼, 다녀! 뭐가 문제야."

"그럼 샘은 제가 영어 시간에 수능 영어 준비하고 수행평가 안 해도 괜찮으세요? 다른 선생님들도 모두 봐주실까요?"

"뭐라고? 그건 아니지!"

"거봐요. 그래서 그만두려고요. 저 수능 잘 봐서 대학 가야 되거든요. 샘들이 제가 수능 공부할 시간을 많이 주시면 학교에 다닐게요."

시우 대답에 담임이 할 말을 잃고 입을 꾹 다물었다.

"선생님! 저는 공부하고 싶어서 학교 밖으로 나가는 거예요."

시우는 확실한 승리를 위해 한마디 더 했다. 담임의 표정이 눈에 띄게 일그러졌다. 심상치 않았다. 시우는 담임이 어떤 논리로 반격을 가해도 참을 준비를 단단히 했다. 그런데 담임은 너무 빨리 수건을 던졌다.

"좋아. 네 맘대로 해!"

평소라면 끈질기게 괴롭혀서 자퇴를 막을 거라 예상했는데 이상했다.

"네? 이렇게 빨리요?"

시우는 너무나 싱겁게 끝난 대화에 맥이 빠져서 되물었다.

"대신, 자퇴 동의서에 부모님 사인을 받아 와서 다시 이야기하자."

담임은 미리 준비한 자퇴 신청서를 내밀었다. 순간 시우는 담임이 치사하게 핑퐁 작전을 쓰고 있다는 것을 눈치챘다. 담임과 아빠가 서로에게 공을 넘기면서 시우를 지치게 하는 작전이 분명했다. 시우가 찝찝한 마음으로 돌아서는데 담임이 나지막이 말했다.

"시우야, 나는 네가 단순히 실수를 지우기 위해서 자퇴를 선택하지 않았으면 좋겠다."

갑자기 따듯해진 담임 목소리에 시우는 마음이 살짝 흔들렸다. 하지만 이것도 담임의 회유책일 수도 있겠다는 생각에 곧 마음을 강하게 먹었다. 분명 다른 아이들은 수월하게 학교를 떠난 것 같았는데 시우는 쉽지 않았다. 자퇴할 것이냐 말 것이냐를 두고 아빠와 담임과 실랑이하는 사이에도 시간은 계속 흐르고 흘렀다. 아빠와 담임은 서로의 핑계를 대며 결정을 미뤘다.

"너희 담임 선생님이 허락하시면 나도 자퇴에 동의할게."

"부모님 동의서 써 오면 나도 동의할게."

아무래도 두 사람은 검정고시 신청 기간을 넘기려는 작전인 듯했다.

시우는 한시가 급했다. 빨리 상황을 정리하고 공부에 집중해야 했다. 그래서 아빠에게 강력한 실천 의지를 보여 주기 위해 새벽까지 독서실에서 공부했다. 그리고 담임에게는 수업 시간에 충분한 수면을 취하는 모습으로 확실한 의지를 전달했다.

"김시우! 문제 풀어 봐."

"김시우! 대답해 봐."

시우는 자기가 선생님들에게 이렇게 인기가 많은 줄 몰랐다. 어떻게 소문이 돌았는지 수업 시간마다 선생님들은 시우를 깨웠다. 다른 애들은 엎어져 자도 그냥 두고 시우만 줄기차게 깨웠다. 게다가 수행 제출 기간이 지났지만, 특별히 과제를 받아 주겠다는 선생님도 있었다. 시우는 이렇게 흐르는 하루하루가 아까웠다. 그래서 중대한 결심을 했다.

바로 무단결석!

벌써 삼 일이나 학교에 안 가고 있다.

"시우야, 오늘도 학교 안 갈래?"

"안 가요. 독서실에서 공부할게요."

"또? 학교에는 뭐라고 해?"

"아프다고 해요."

시우는 대충 말하고 다시 이불을 뒤집어썼다. 어제도 새벽까지 수학 문제를 풀었더니 비몽사몽이었다. 수학 때문에 인생이 꼬였는데 시우는 수학을 다시 공부해서 인생 역전을 꿈꾸고 있다니 참 아이러니했지만, 대학에 들어가는 열쇠는 미적분이 가지고 있으니 별수 없었다.

시우가 침대에서 뭉그적거리는데 문자가 왔다. 담임이었다.

- 무단결석 아니고 자퇴 숙려 기간으로 처리한다. 마음 변하면 언제든 학교로 돌아와라.

시우는 벌떡 일어나서 휴대전화를 다시 봤다. 담임도 아빠도 시우의 의견을 존중한다는 문자였다. 그런데 시우는 기분이 묘했다. 자퇴를 허락한다고 하니 책임감이 강하게 느껴졌다.

다음 날부터 시우는 당당하게 독서실로 향했다. 모두가 학교에 가 있는 평일의 독서실은 한산했다. 몇 명의 대학생 손님들이 전부였다.

시우는 벌써 일주일째 혼자서 공부하고 있다. 자퇴하면 새로운 세상이 펼쳐질 줄 알았는데 막상 현실이 되니 그렇지 않았다. 독서실에서 혼자 책만 보려니 꾸벅꾸벅 졸음이 밀려왔다. 시우는 졸음을 떨칠 겸 밖으로 나왔다. 차가운 가을 공기에도 잠이 확 깨지 않았다.

이럴 때는 시원한 아이스크림을 먹어야 정신이 번쩍 든다. 시우가 편의점에서 아이스크림을 고르는데 동준이가 창밖으로 휙 지나갔다. 시우는 같은 처지가 된 동준이가 반가웠다. 지난번에 도와줬는데 화를 낸 게 미안하기도 했다. 그래서 얼른 동준이 아이스크림까지 사서 뒤따라갔다. 동준이는 옆 건물에 있는 피시방으로 익숙하게 들어갔다.

"아저씨, 안녕하세요."

"동준이 너 또 왔어? 공부는 언제 해?"

"헤헤. 조금만 놀고 갈게요."

동준이는 피시방 주인과 서로 친숙하게 인사까지 나누었다. 동준이는 피시방 단골손님처럼 보였다. 시우는 두 개의 아이스크림을 혼자 먹으며 동준이가 게임을 끝내고 나올 때까지 밖에서 기다렸다. 동준이는 한 시간이 훌쩍 지나도 게임을 멈추지 않았다. 기다리다 지친 시우가 동준이 자리로 갔다.

"최동준, 도대체 언제까지 게임을 하는 거야?"

"이 시간에 웬일이냐? 자퇴했냐? 그럼 가서 공부해."

동준이가 별일 아니라는 듯 대답했다.

"너는?"

시우는 동준이를 빤히 쳐다봤다. 동준이가 한숨을 푹 쉬고는 자리에서 일어났다. 그리고 다소 거칠게 말했다.

"나 너랑 놀 시간 없어. 내 일에 참견 말고 가서 공부해."

"매번 이렇게 시간을 보내는 거야?"

시우가 또다시 물었다. 자기가 그렸던 자퇴 후의 모습은 이런 게 아니었다. 시우는 동준이의 모습이 마치 자신의 미래처럼 느껴졌다.

"재수 없게 굴지 말고. 네 걱정이나 해. 나는 내가 알아서 해."

동준이가 얼굴을 찌푸리고는 밖으로 나갔다. 그러고 보니 동준이 말이 맞았다. 시우는 뒤늦게 쓸데없는 참견에 후회가 밀려왔다. 그래서 재빨리 동준이 곁을 지나치려 했다.

"김시우, 잠깐 이야기 좀 해."

동준이가 붙잡지 않았으면 정말 그냥 가려고 했다.

"너 설마 자퇴가 멋있어 보여서 하려는 건 아니지?"

"아냐. 나도 간절하게 리셋이 필요해서 자퇴하려는 것뿐이야."

"다행이다. 솔직히 나는 자퇴하기 싫었어."

시우는 뜻밖의 말에 동준이를 빤히 쳐다봤다. 동준이는 한숨을 푹 쉬고는 말을 이었다.

"나는 시험을 망쳐서 오히려 홀가분했어. 항상 1등의 왕관을 쓰고 있으려니 버겁고 부담스러웠어. 그래서 잘됐다 싶었는데 엄마가 자퇴하면 망친 성적을 지우고 다시 시작할 수 있다고 설득했어. 엄마에게 계획이 있다면서 이미 학교에 자퇴한다고 말했더라고. 너희들도 부럽다고 떠들길래 그냥 자퇴했어."

시우는 무언가에 뒤통수를 맞은 듯했다. 동준이가 완벽한 계획으로 자퇴했을 거라고 짐작했었다. 그런데 실상은 그게 아니라니 배신감이 느껴졌다.

"너 먼저 가라. 나는 좀 더 머리 식히고 갈게."

동준이는 멍하니 있는 시우를 두고 다시 피시방으로 들어갔다. 시우는 동준이의 축 늘어진 뒷모습을 멍하니 보다가 불현듯 게임도 완벽히 리셋 되지 않는다는 것을 깨달았다. 게이머의 이전 기록이 남아서 앞으로의 등급을 결정한다. 진정한 리셋은 없었다. 시우는 겉보기에 그럴듯해 보이는 리셋에 흔들린 것 같아 혼란스러웠다. 진정한 리셋은 실패를 인정하고 앞으로 한 걸음 나아가는 것일지도 모른다는 뒤늦은 깨달음이 찾아왔다. 하지만 되돌아가기에는 이미 너무 많이 왔다.

시우는 다음 날도 학교에 가지 않았다. 혼자 앉아 있으려니 시시때때로 학교가 궁금해졌다. 지금쯤 쉬는 시간이겠구나. 영어 수업을 듣고 있겠구나 싶은 생각이 스멀스멀 올라왔다. 그때 문자가 왔다.

- 떠나는 당신, 드론 쇼만 함께 하고 떠나라.

- 이번 축제에 여학교에서 공연도 오니까 함께 구경하고 떠나라.

시우는 연달아 오는 문자를 보고 마음이 흔들렸다. 수빈이는 시우의 답장도 기다리지 않고 계속 문자를 보냈다. 이러다 드론 동아리가 없어지면 어떡하나 마음이 쓰였다. 그러고 보니 다른 애들도 종종 문자를 보냈었다.

- 시우야, 너 없으니까 수학 공부할 맛이 안 난다.

- 나도 자퇴할까? 좋으면 말해라.

- 수행 안 하고 좋겠다.

아이들의 문자를 넘기며 시우는 학교가 궁금했다. 그런데 재혁이는 한 통의 문자도 전화도 없었다. 시우에게 삐진 게 분명했다. 먼저 연락할까 망설일 때 또 하나의 문자가 왔다.

- 학교 빠지고 수업 안 받으니까 공부 잘되냐? 형님이 다음 모의고사 도전 받아 준다. 치킨 콜?

재혁이였다. 재혁이는 이번에 엉터리 영어 시험으로 치킨을 먹은 게 찜찜한 모양이다. 시우는 재혁이에게 곧장 답장을 보냈다.

- 콜! 이번엔 내가 이긴다.

그리고 시우는 또 하나의 문자를 보냈다. 어차피 말끔하게 리셋이 안 된다면 당당하게 부딪치는 것도 괜찮을 것 같다는 생각이 들었기 때문이다.

- 내일 학교에서 보자.

작가의 말

우리의 인생은 매 순간 괴물 같은 스핑크스의 수수께끼를 대면해야 하는 일 같습니다. 인생의 단계마다 각종 고민거리가 미션처럼 우리에게 주어지니까요. 우리는 그 문제를 풀기 위해 갖은 애를 쓰지요. 답이 없을 것 같은 문제를 풀어야 하는 것, 그것이 인간의 숙명이라고 생각합니다.

청소년 시기라고 예외가 아니지요. 오히려 더 힘든 시기이기도 합니다. 자기 생각대로 주체적으로 행동하기 힘든 시기이기 때문입니다. 집이든 학교에서든 어른들의 말을 잘 듣고 참고 견뎌야만 하는 순종적이고 수동적인 삶이 청소년들에게 강요되니까요. 그래서 더 많은 고민과 갈등이 생기기도 합니다.

이 책의 주인공들도 자신이 저지른 돈 문제로 고민하고, 소외와 열등감으로 방황하고, 사랑조차 마음대로 할 수 없어 좌절감에 빠지고, 학교 폭력으로 괴로워하고, 단 한 번의 실수도 용납되지 않은 입시 사회에서 리셋을 위해 자퇴를 심각하게 고민합니다.

이 책의 주인공들의 고민은 현재 청소년이라면 모두가 공감할 만한 문제들입니다. 주인공들이 자신에게 주어진 스핑크스의 고약한 수수께끼 같은 인생의 문제를 해결해 가는 이야기를 통해 작가들은 돈이 지배하는 세상에서 인간다움을 잊지 않고 올바른 가치관을 가지기를, 자신의 약점에서 강점도 발견해 주기를, 맘껏 사랑하기를, 위기에 처했을 때 손 내밀기를, 어떤 선택을 하든 행복해지기를 응원하고 있습니다.

부디 이 책이 여러분의 고민 사항에 작은 힌트라도 되길 바라며 세상에 내놓습니다.

여러분의 삶을 응원하며

작가 일동